GREENWASHING : A FARSA VERDE

UMA AVENTURA DE SUSPENSE E MISTÉRIO COM
A INVESTIGADORA KATERINA CARTER

COLLEEN CROSS

Greenwashing: A Farsa Verde – Uma aventura de suspense e mistério com a investigadora Katerina Carter

ISBN do eBook: 978-1-988272-73-3

Publicado por Slice Publishing

❋ Created with Vellum

OUTRAS OBRAS DE COLLEEN CROSS

<u>Boletim informativo de novos lançamentos</u>
http://eepurl.com/cojHW1

<u>*Série de Aventuras de Suspense e Mistério com a Investigadora Katerina Carter*</u>
Saída Estratégica
Teoria dos Jogos
Fórmula Mortal
Greenwashing : A Farsa Verde
A Farsa Vermelha : uma curta história

<u>*Série Mistérios das Bruxas de Westwick*</u>
Que Bruxaria é Essa?
Bruxas aos Farrapos
Bruxas e Famosas
Bruxarias de Natal

Não ficção
Anatomy of a Ponzi Scheme

GREENWASHING : A FARSA VERDE

UMA AVENTURA DE SUSPENSE E MISTÉRIO COM A
INVESTIGADORA KATERINA CARTER

A investigadora em perícia contábil Katerina Carter e seu namorado Jace Burton embarcam numa viagem a um luxuoso chalé no alto das montanhas. Enquanto ele escreve a biografia de um ambientalista bilionário, ela explora a natureza gelada da região.

O Natal se aproxima, Kat está entre casos e aproveitando o encanto do inverno quando dois ativistas morrem em condições misteriosas. Kat e Jace devem correr contra o tempo para descobrir a verdade e salvar a própria pele de um desastre ainda mais mortal.

Se você gosta de aventuras de mistério com toques de suspense, vai adorar *Greenwashing,* uma aventura de tirar o fôlego!

1

———

Katerina Carter olhou de relance para o namorado, Jace Burton. Concentrado em suas anotações, ele passava distraidamente as mãos pelo cabelo escuro e encaracolado, a cabeça baixa.

Dennis Batchelor havia enviado seu avião particular para Vancouver a fim de pegá-los. O ambientalista bilionário escolhera criteriosamente o jornalista Jace para escrever sua biografia e insistira para que o encontrasse em seu chalé afastado, localizado na parte sudeste das Montanhas Selkirk, na Colúmbia Britânica.

Era a primeira vez que Kat e Jace viajavam num avião particular. Kat não conseguira tirar os olhos da paisagem quando o bimotor *Cessna* ganhou altitude, deixando para trás Vancouver e seu cenário urbano de vidro e concreto. Jace, por outro lado, permanecia completamente indiferente ao ambiente luxuoso. Eles eram os únicos passageiros a bordo.

O interior espaçoso do avião era bem mais luxuoso do que um avião comercial. Kat esticou tranquilamente as pernas, já que não havia assentos à sua frente. A mobília aveludada lembrava mais um escritório executivo ou uma sala de estar do que o interior típico de um avião e incluía uma mesa retangular e cadeiras de carvalho, com a sobriedade de uma sala de reuniões. Kat e Jace escolheram duas entre meia dúzia de poltronas reclináveis de couro entre as quais havia uma mesa. Essa experiência era, sem dúvida, muito superior a um voo na classe econômica.

Kat esperava ansiosa pela aventura daquele fim de semana. Os negócios haviam desacelerado um pouco por causa da proximidade do Natal e, como ela não estava em nenhum de seus casos de investigação de fraudes e perícia contábil, mal podia esperar por suas miniférias nas montanhas. Faltavam apenas duas semanas para o Natal, e Kat já estava no clima de festa.

Em menos de duas horas, eles seriam os hóspedes de Batchelor em seu chalé de inverno no topo das montanhas. Por causa da época do ano, além da localização afastada do chalé, o único meio de transporte viável era pelo ar. Kat iria aproveitar tudo isso de camarote.

A região tinha uma história interessante e ela mal podia esperar para explorá-la. Eles iriam pousar em Sinclair Junction, a única cidade próxima do chalé de Batchelor, que havia sido fundada quando houve a descoberta de ouro na região; a cidade prosperara com a extensão da ferrovia até o Oeste, mas, depois disso, mergulhou num século difícil até sua recente ressurreição com o crescimento informal da produção de maconha da *Grow Op*, no Canadá. Era um lugar estranho para um bilionário estabelecer moradia.

Talvez não fosse tão estranho quanto poderia parecer. O ambientalista e fundador da *Earthstream Technologies* havia feito sua fortuna com a economia verde.

Mas isso tudo só chamou sua atenção quando Batchelor ligou para Jace do nada, pedindo-lhe que escrevesse sua biografia: uma oferta irrecusável não só pelo cheque de valor considerável, mas também pela exposição que ele teria como biógrafo do bilionário.

Escrever uma biografia era bem diferente do trabalho de jornalista *freelancer* de Jace no *Vigilante*. Mas era trabalho com escrita, e diversificar poderia ser uma boa ideia, levando em consideração o declínio da indústria do jornal. Escrever a biografia de um bilionário é um serviço que paga bem, e poderia ajudar Jace a utilizar seus talentos numa nova carreira nessa transição.

Fazia apenas vinte minutos que eles haviam embarcado no voo saindo de Vancouver e as Montanhas Costeiras já tinham ficado para trás. O céu estava limpo e, abaixo, podia-se ver uma vasta extensão de floresta interrompida apenas por lagos azuis que cintilavam como joias à luz do sol de inverno. À frente, elevavam-se os picos cobertos de neve das cadeias de montanhas Selkirk e Purcell e, mais além, as Montanhas Rochosas. Assim que pousassem em Sinclair Junction, um motorista estaria esperando por eles para levá-los às montanhas e ao chalé de Dennis Batchelor.

O ambientalista havia transformado seu ativismo ambiental em um negócio bilionário, de fato colocando em prática tudo o que defendia referente a consultoria ambiental, empresas de energia solar e eólica e fazendo "investimentos verdes", como ele gostava de falar.

— O que eu vou fazer sozinha, Jace? — disse Kat para o namorado. Seria um fim de semana inteiro pela frente sem nada para fazer, o que era algo bem diferente do seu dia a dia com um trabalho que ocupava 24 horas por dia, 7 dias por semana. Sendo a única funcionária do seu escritório de perícia contábil e investigação de fraudes, e que ainda estava apenas começando, tempo livre não era algo normal para ela. — Devia ter trazido um pouco de trabalho.

Jace balançou a cabeça:

— Essa é a oportunidade perfeita para você relaxar. Enquanto eu estiver trabalhando, vai poder se distrair e se divertir um pouco, para variar.

— Essa é a minha intenção, mas não tenho certeza se consigo fazer isso por um fim de semana inteiro — tateou a mochila num gesto distraído, como para conferir se tudo estava no lugar. Levava consigo guias e mapas da região. Podia fazer um passeio na neve ou em uma trilha, dependendo da quantidade de neve que havia caído. Também levava meia dúzia de livros de mistério para o caso de não poder sair. Ficar sem fazer absolutamente nada era algo realmente difícil para Kat.

— Não é tão difícil assim quando você se acostuma. Pense nisso como uma intervenção. Dessa vez o jogo virou: eu estarei trabalhando o fim de semana todo — Jace completaria um primeiro esboço para que Batchelor o avaliasse e o aprovasse ao final de sua estadia, no domingo; ele então finalizaria o livro assim que voltassem para Vancouver.

Kat concluiu que não havia nada de errado em ter um tempo livre. Ela só não estava acostumada com isso. De qualquer forma, havia levado seu *notebook* como um plano B, caso aparecesse alguma coisa no escritório.

Uma pesada tempestade de inverno havia castigado a região alguns dias antes, de forma que seus planos de viagem ficaram em modo espera até aquela manhã, quando o tempo amenizou repentinamente.

— Espero que não fiquemos presos lá por causa da neve — disse Kat. — Tenho uma reunião com um cliente no escritório no primeiro horário da segunda-feira.

— Tenho certeza de que o tempo vai ficar firme — Jace tirou os olhos do bloco de anotações. Ele era o tipo de pessoa que realmente apreciava estar ao ar livre e fazia trabalho voluntário de busca e resgate. Jace quase idolatrava Batchelor por seu trabalho como ambientalista. — Ainda não estou acreditando que ele me escolheu, entre tantas pessoas, para escrever a biografia dele. Ele poderia ter contratado qualquer um.

— Ele não escolheu qualquer um — Kat colocou a mão sobre a mão dele. — Ele escolheu você.

— Estou meio nervoso. E se eu estragar tudo? — a autoconfiança habitual de Jace havia sumido diante da admiração que ele sentia por Batchelor.

Kat apertou a mão dele:

— Não seja ridículo. Você escreve para o *Vigilante* há mais de dez anos. Ele escolheu você porque é um excelente escritor.

— Nunca escrevi um livro inteiro antes, muito menos uma biografia de um bilionário famoso.

— Você consegue, e isso pode abrir novas portas para você.

— Eu sei — Jace suspirou. — Por algum motivo, nunca pensei

que meu primeiro livro seria uma biografia. Pensei que seria um romance de ação ou alguma coisa assim.

— Não importa. Você sabe escrever e Batchelor confia em você. Graças à sua experiência ao ar livre, vocês têm muita coisa em comum — além de ser um voluntário em busca e resgate, Jace era fã de trilhas e esqui. Se algo tinha a ver com a vida ao ar livre, tinha a ver com Jace também. Tanto ele quanto Batchelor amavam a natureza e respeitavam o meio ambiente.

— Espero que você não fique entediada por estar sozinha, já que vou ficar ocupado o dia todo com esse cara. Tenho que terminar o primeiro esboço no final do domingo. O que você pretende fazer?

Kat riu:

— Pensei em algumas coisas — embora fosse legal apenas relaxar para variar um pouco, talvez ela lhe desse uma mão. Jace costumava ajudá-la com suas investigações; talvez ela pudesse retribuir o favor.

— Tenho certeza de que vamos conseguir ter alguns momentos juntos.

— Não posso prometer nada. Você sabe como são esses magnatas. Tenho a impressão de que vou ficar com ele o tempo todo em que estiver acordado.

— Sem problema. Sempre há a possibilidade de explorar a cidade.

Kat espiou as anotações de Jace.

— Há algum podre na biografia dele? Aposto que ele tem alguns segredos para contar.

— Eu não teria aceitado o trabalho se ele tivesse — Jace esticou as pernas. — Nem iria querer envolver meu nome. Um pouco de controvérsia é bom. É o tipo de coisa que as pessoas querem ler.

— Isso torna o trabalho objetivo e equilibrado. Se for esse o caso, então você vai se sair bem — Dennis Batchelor era reverenciado por seu trabalho ambiental, mas tinha muitos inimigos por causa da sua abordagem "vale-tudo". Alguns o acusavam de estar somente agindo em interesse próprio, colocando objetivos pessoais acima da causa ambiental, fazendo-se valer de táticas midiáticas. Mas é justamente essa falta de camaradagem que separa os bilionários dos peixes pequenos.

Kat examinou a cabine luxuosa. O avião tinha menos da metade do número de assentos que um avião comercial tem, e a atmosfera era muito mais informal. Não havia seguranças e filas de embarque, nada de passageiros bagunceiros e malas amontoadas em compartimentos no alto. Era a primeira e, provavelmente, a única vez em que ela voava num avião particular.

Kat e Jace degustaram salmão defumado, *bruschetta* e queijos exóticos regados a água tônica. Ela, sem dúvida, poderia se acostumar a esse tratamento de celebridade. Mas era melhor não se acostumar, pois o voo duraria apenas uma hora. Kat estava bem ciente de que aquela seria a única vez em que ela desfrutaria de tamanho luxo, algo muito distante dos voos econômicos abarrotados e com péssimas refeições a que ela estava acostumada.

Batchelor havia fundado o *GreenThink*, o influente grupo ambientalista famoso por sua postura contrária ao desmatamento, à produção comercial de peixes e praticamente a tudo que misturava natureza e grandes negócios. Desde a sua implantação trinta anos antes, o grupo havia pressionado governos e servido de inspiração para a proteção e a conservação ambiental.

Numa virada irônica, o tenaz herói do meio ambiente havia se transformado na própria imagem do grande negócio. A *Earthstream Technologies*, sua empresa excepcionalmente bem-sucedida, florescera no terreno fértil de seu trabalho ambientalista e impulsionara seu império multibilionário. A tecnologia de descontaminação, patenteada pela *Earthstream*, havia recuperado áreas contaminadas com tempo e custo muito menores do que os exigidos pelos produtos dos concorrentes.

O lema da *Earthstream*, "*O Verde Faz Bem*", era verdadeiro em mais de um sentido. As empresas de Batchelor empregavam tecnologias que aperfeiçoavam ou conservavam o meio ambiente e, além da recuperação ambiental, haviam desenvolvido tecnologias patenteadas que dissolviam toxinas sem gerar produtos químicos agressivos. A

Earthstream era um exemplo didático de como o bem também pode ser lucrativo.

Kat sacudiu no assento quando o *Cessna* passou por uma turbulência. Ao dar uma espiada pela janela, viu que o céu, antes claro e limpo, estava agora escurecido por nuvens carregadas.

Rompendo as nuvens, o *Cessna* deu início à descida, descortinando diante de si montanhas escarpadas com picos cobertos de neve e o azul-turquesa de um lago alimentado pelas geleiras, abrigado num amplo vale que se abria entre as cordilheiras. O avião contornou a água antes de descer na pista de pouso à margem do lago.

Assim que eles desembarcaram do avião, foram recebidos por um sol ofuscante e uma brisa fria que soprava sobre o lago. A neve salpicava as colinas ao redor. Kat tremeu de frio, mesmo em seu casaco pesado, pensando na próxima etapa de sua viagem até o chalé de Batchelor, nas montanhas.

Foram saudados por um homem alto de barba que devia beirar os quarenta. Ele ergueu a mão e sorriu.

— Ranger. Vou levá-los ao chalé.

Kat pensou consigo se aquele era o nome ou sobrenome dele, mas não chegou a ter a oportunidade de perguntar. Poucos segundos depois, ele e Jace estavam absorvidos numa conversa animada sobre equipamentos de esqui.

Ela olhou em direção à pista de asfalto e notou que o pequeno aeroporto não era muito movimentado. O voo deles era o único, embora houvesse cerca de meia dúzia de aviões estacionados nos hangares. Além do *Cruiser* de Ranger, não havia outros veículos por perto para receber passageiros recém-chegados.

Kat sabia que a cidade havia enfrentado épocas difíceis, mas esperava mais sinais de vida. Pendurando a bolsa no ombro, seguiu Ranger e Jace em direção ao carro.

Logo depois, subiam uma estrada íngreme que levava ao centro da cidade. Kat pôde vislumbrar alguns prédios históricos enquanto o carro seguia, e já estava apaixonada pelas construções de pedra e tijolos do final do século XIX. A febre do ouro e da prata havia irrompido cem anos antes, e, por algumas décadas depois disso, a cidade havia sido o eixo do transporte ferroviário. A arquitetura permanecia como uma prova de sua breve prosperidade.

Após quase um século em lento declínio, a cidade havia se reinventado como a capital não oficial da maconha na Colúmbia Britânica, mas até mesmo esse negócio havia minguado. A fortuna que uma vez existiu nas montanhas desapareceu junto com as pessoas, e a cidade parecia malcuidada e decaída.

Kat teve vontade de ficar e explorar mais, mas seu destino estava ainda a uma hora de viagem. Após alguns quarteirões de lanchonetes fechadas e lojas com fachadas de aspecto envelhecido, a cidade deu lugar a uma estrada de mão dupla cercada por densa floresta. Apenas alguns carros vieram da direção oposta à deles durante a viagem toda, de forma que Kat ficou surpresa quando o carro desacelerou, depois de cerca de quarenta minutos de viagem.

Uma dúzia de veículos, a maioria caminhões e caminhonetes, estavam parados de forma caótica no acostamento. Ranger diminuiu a velocidade e entrou na estrada de cascalho que começava logo à frente de onde os carros estavam. Um dos carros bloqueava a estrada.

Eles estavam no meio do nada. De onde aqueles carros tinham vindo?

Pouco mais de dez homens e mulheres estavam de pé na estrada a cerca de 15 metros do entroncamento, segurando placas de protesto. Uma mulher mais velha se destacou do grupo e caminhou em direção a eles. Tratava-se de um bloqueio.

Kat endireitou-se no banco.

— Quem são essas pessoas? — perguntou ela.

— Só um bando de radicais — Ranger desacelerou o carro. — Há um monte deles por aqui.

— O que eles querem? — perguntou Jace.

Os homens e as mulheres que bloqueavam a estrada seguravam placas que diziam "Protejam nossa água potável" ou "Vivemos aqui. Chega de água tóxica".

Vários metros à frente, outro grupo se amontoava ao redor de uma fogueira improvisada em um latão. Uma estrutura semipermanente de compensado fornecia abrigo, sob o qual algumas cadeiras de plástico estavam espalhadas.

— Qualquer coisa e tudo — disse Ranger. — Eles são totalmente contra qualquer forma de desenvolvimento, como se as fazendas e casas deles fossem diferentes disso.

Kat lançou um olhar rápido a Jace.

— Você vive perto daqui? — perguntou.

Ranger fez um movimento afirmativo com a cabeça.

— Moro dentro da propriedade do chalé, numa cabana separada.

Kat supôs que isso significava que ele não era dono de um terreno na região, o que explicava sua atitude indiferente com relação ao desenvolvimento. Ele não se importava nem com um lado nem com o outro porque não tinha nenhuma propriedade em jogo.

— O que há de errado com a água potável? — Kat perguntou.

— Na verdade, nada. Eles estão exagerando e causando problemas com essa tática de intimidação.

— Por que eles fariam isso?

— Há uma velha mina aqui perto que foi fechada há alguns anos, então ela está inativa. Por algum motivo, uma pequena parte do tanque de rejeitos, onde as pedras, a água e os solventes vão parar, se rompeu e eles acham que isso está contaminando a água.

— E não está? — Jace perguntou.

— Tecnicamente sim, mas é insignificante. O tanque de rejeitos transbordou, mas os rejeitos nunca atingiram o Riacho dos Garimpeiros. O teste que fizeram nos lençóis freáticos deu positivo em relação aos contaminantes, mas isso foi há três anos. O lugar está completamente limpo agora e nada sequer tocou o sistema de abastecimento de água ou a propriedade de alguém. Mas não é assim que eles veem. Eles alegam que sofreram prejuízos, mas, para mim, estão apenas procurando uma desculpa para brigar — Ranger desacelerou o carro conforme se aproximaram do grupo.

— Essa área é tão afastada; por que afinal eles estão aqui? — Kat perguntou.

O olhar de Ranger cruzou com o dela pelo retrovisor; ele franziu a testa:

— O que você quer dizer?

— Bem, eles podem ficar dias parados aqui sem que nenhum outro carro passe.

— Eles me viram saindo e sabiam que eu voltaria, então resolveram se juntar — ele disse.

— Mas o protesto não tem impacto sobre vocês, não é? Isso seria para nós, seus convidados?

— Em parte. Mas mesmo que vocês não estivessem aqui, eles estariam bloqueando a estrada. Eles gostam de nos perturbar. Mas, como eu disse, isso não faz sentido. A água está limpa e sempre esteve, e é testada regularmente — Ranger parou o carro quando uma mulher esbelta, de cerca de 60 anos, aproximou-se do veículo. — Não tem nada a ver com Dennis, de qualquer forma.

Ranger baixou o vidro do carro.

— Elke — disse ele.

— Vocês não podem passar.

— Não podem me impedir. Eu moro aqui.

Elke espiou para dentro do carro:

— Quem são essas pessoas?

— Não é da sua conta, mas eu digo para você de qualquer forma. Eles são amigos do Dennis. Agora, seja uma boa vizinha e deixe-nos passar.

Elke fez cara feia, mas afastou-se do carro. Ranger conduziu lentamente o carro pelo meio do grupo enquanto eles gritavam ofensas.

Assim que passaram pelo grupo, Kat voltou-se para olhar para trás.

— Que belo comitê de boas-vindas vocês têm aqui — disse ela. Os ativistas baixaram suas placas e foram para o abrigo improvisado. — Está frio demais para ficar parado aqui.

— Os espertos já partiram há muito tempo — disse Ranger. — Mas sempre há os duros na queda.

— E Elke está entre eles?

— É. Ela e o marido querem segurança financeira, o que é ridículo, já que eles não foram de forma alguma prejudicados. Eles dizem que a propriedade deles foi desvalorizada, mas os preços das propriedades sempre foram baixos por aqui. Eles só querem uma desculpa para descolar um dinheiro.

— Por que incomodar Dennis? Quem é o dono da mina? — Jace perguntou.

— Eles estão do outro lado do oceano — Ranger respondeu. — E já que os donos da mina não estão aqui, eles acham que vão conseguir chamar atenção se perturbarem Dennis. Nós tentamos ignorar.

— Onde a mina fica? — Kat não havia visto nenhum tipo de atividade comercial desde que deixaram Sinclair Junction.

— A *Regal Gold Mine* fica mais acima, seguindo pela estrada. Ela é vizinha da propriedade de Dennis. Se um ativista ambiental como Dennis não está preocupado com isso, eles também não deveriam. Estão fazendo tempestade em copo d'água, apenas procurando briga.

— Quem exatamente é dono da mina? — perguntou Jace.

— A Regal Gold Mine pertence a uma empresa chinesa que gosta de se manter abaixo do radar. É impossível atingir a proprietária ausente. Os manifestantes reclamaram com o governo, que diz não ter responsabilidade sobre isso. Assim, eles concluíram que a melhor coisa a fazer em seguida era ir atrás de Dennis, já que ele é um ambientalista. Eles acham que podem envergonhá-lo a ponto de ele concordar em assumir a causa — Ranger balançou a cabeça. — Estão enganados. Ele não gosta que digam a ele o que fazer.

Kat riu.

— Meio irônico isso, não acha? Dennis Batchelor sendo alvo de ativistas.

Ranger ficou em silêncio. Seu olhar não cruzou com o de Kat pelo retrovisor dessa vez.

Ela achava isso engraçado, mas, talvez, devesse ter ficado de boca fechada.

Subiram a íngreme estrada de cascalho que seguia para o alto da montanha. De vez em quando, a floresta ao redor ficava menos densa e Kat conseguia vislumbrar um vale abaixo. Era de tirar o fôlego. Montanhas imensas rodeavam um lago turquesa margeado pela neve.

— Este lugar é tão lindo; tão selvagem e intocado— ela entendeu porque Batchelor havia escolhido a região para ser sua casa. De avião, chegava-se a Vancouver rapidamente, mas era bastante afastada e de difícil acesso para a mídia e o público em geral.

Minutos depois, a estrada ficou plana e eles entraram num grande platô na montanha. Era possível ver o chalé de Dennis Batchelor a cerca de um quilômetro e meio, no limite do platô. A estrutura maciça de pedra e madeira fora construída sobre um afloramento de pedras que se sobressaía da paisagem que, se não fosse por ela, seria completamente plana. Lembrava uma cabana de madeira, mas muito mais luxuosa. Era rodeada por construções menores e floresta dos dois lados. A fachada principal era de vidro e ficava voltada para o vale abaixo.

ELES SABOREARAM *cappuccinos* quentes na ampla sala enquanto seu quarto estava sendo preparado. O quarto era, na verdade, uma cabana autossuficiente, construída na beira do penhasco. Kat estava gostando daquilo tudo cada vez mais.

A grande sala do chalé era maior do que a casa dela inteira. Do chão ao teto, vidro alternava-se com vigas de madeira maciça e pedra, o que lhe conferia um ar de glamour e descontração. A única parede abrigava uma grande lareira de pedra, onde o fogo crepitava. O consolo da lareira estava rodeado de fotografias de Batchelor ao longo dos anos, em ordem cronológica, como uma linha do tempo visual da vida dele e do movimento ambientalista que ele inspirara.

A primeira fotografia era uma que havia conferido renome internacional a Batchelor. Vários ativistas bloqueavam uma estrada que levava a uma área de desmatamento; entre eles, destacava-se, no ponto central da foto, um audacioso Batchelor de vinte e tantos anos. Ele havia se acorrentado a um enorme e antigo pinheiro e mostrava os dentes para a câmera, num sorriso irônico e desafiador. Uma dúzia de madeireiros o encarava; sua passagem estava bloqueada. Policiais, atrás dos madeireiros, pareciam receosos de tomar medidas que pudessem provocar uma luta.

Um momento congelado pela lente de uma câmera havia sido o catalisador para agitar a opinião pública quanto à situação de risco em que se encontrava o Vale Carmanah e seus lendários ursos. Os protestos arrastavam-se há anos, mas aquele dia fora a gota d'água. Os ativistas mobilizaram-se em massa para se unir à luta, o que marcou o início da cruzada ambientalista de Batchelor.

Embora ele estivesse distante dos primeiros ativistas, seu carisma e sua atitude excêntrica chamou a atenção de uma massa crítica de seguidores. Suas façanhas audaciosas renderam um bom material em vídeo, e ele ganhou *status* semelhante ao de um herói de ação da mitologia. Muitas façanhas eram absolutamente perigosas, mas ele conseguiu a atenção que queria. Ele não se importava em saltar de paraquedas de um avião bem no meio de uma operação de exploração madeireira.

Seu idealismo, em combinação com sua aparência jovem e atraente, rendeu-lhe muitos seguidores, especialmente seguidoras. A opinião pública forçou o governo a preservar e proteger os remanescentes da antiga floresta.

Ele ainda estava ao redor dos vinte anos de idade quando fundou o *GreenThink*, o movimento ambientalista de base que inspirou uma geração de jovens. Alguns anos mais tarde, ele uniu sua paixão pelo meio ambiente a uma corrente de negócios lucrativos. A mais recente, a *Earthstream Technologies*, foi uma história de sucesso de bilhões de dólares. Kat ficou pensando se o hippie acorrentado à árvore havia alguma vez imaginado que um dia se tornaria um bilionário famoso.

— Vocês conseguiram — uma voz masculina e grave ressoou de algum lugar atrás deles.

Kat virou-se e viu Dennis Batchelor de pé na soleira da porta. Agora 30 anos mais velho e com 20 quilos a mais, seu rosto bonito de antes agora tinha papada e olheiras. Embora ainda lembrasse um pouco o jovem ativista da fotografia, os bilhões de dólares não vieram de graça.

Vestia uma camisa de flanela, jeans desbotados e botas gastas de *cowboy*.

Notando a surpresa de Kat, Batchelor disse:

— Ninguém usa ternos aqui. Cada um veste o que bem entende.

— Faz sentido — Kat tomou um gole do *cappuccino* e apontou para a fotografia maior, em que Batchelor encarava um caminhão madeireiro no meio de uma estrada íngreme flanqueada por pinheiros centenários. — Lembro de ter visto essa foto quando era criança. Eu nunca tinha de fato pensado no meio ambiente antes disso.

— Ninguém tinha. É por isso que eu não podia recuar— Batchelor riu. — Embora eu estivesse com medo de que ele passasse o caminhão por cima de mim. As coisas eram bem radicais naquela época.

— Você salvou a floresta naquele dia— disse Jace.

—Alguém tinha que fazer isso— Batchelor disse. — Enquanto ainda podíamos. A construção daquela estrada traria todos os tipos de problemas. Pessoas, veículos, negócios poluentes. Uma vez destruído um hábitat, é difícil reverter a situação.

— Você inspirou uma geração, incluindo a mim— Jace disse. — Revelar a verdade, não importa o quão controversa ela seja. É por isso que me tornei jornalista.

Batchelor sorriu.

— Isso é muito lisonjeiro. É por isso também que o chamei para escrever minha biografia. Preciso trabalhar com alguém que me entenda.

Escrever a biografia de Dennis Batchelor era uma oportunidade excepcional, a chance de uma vida, que poderia alavancar, ou destruir, a carreira de Jace. Havia rumores de que o magnata era bem difícil, mas Kat não notou qualquer evidência disso. Pelo menos, não ainda.

Batchelor andou até a grande lareira.

— Você aprecia o ar livre tanto quanto eu — disse ele. E dirigindo-se a Kat, disse: — achei que vocês dois iriam gostar de passar um fim de semana aqui. Este lugar não é demais?

—Natureza intocada— Jace concordou. — É um lugar lindo.

— Levei dez anos para construir isso — Dennis disse. — Depois de tudo, raramente estou em casa para aproveitar.

2

A assim chamada cabana de Kat e Jace constituía-se de luxuosos 900 metros quadrados, uma autêntica cabana de estilo rústico com um pé direito de 6 metros e um sótão. O andar principal era aberto e plano, exceto por dois quartos e um banheiro.

— Não posso acreditar que este espaço todo é só para nós dois — disse Kat.

Jace concordou:

— Pelo menos você vai ter a oportunidade de aproveitar tudo isso. Eu estarei ocupado durante todo o fim de semana trabalhando com Dennis.

— Nós vamos ter um tempo juntos, não vamos? — Kat tinha em mente esquiar ou fazer uma caminhada na neve por aquela região espetacular. — Talvez hoje à tarde?

— Eu não contaria com isso. Pessoas como Dennis parecem trabalhar 24 horas por dia, sempre procurando formas de conseguir mais dinheiro. É disso que se trata esse livro também, uma forma de monetizar o nome dele. Ele quer ver um primeiro esboço no domingo de manhã.

— É um prazo extremamente curto. Mas provavelmente vai valer a pena no fim das contas. Trabalhar com um bilionário vai ajudar seu nome a ganhar destaque — era praticamente garantido que um livro sobre Dennis Batchelor viraria best-seller. As pessoas idolatravam o famoso ambientalista.

Kat abriu a bolsa e tirou o *notebook*, ligando-o em seguida.

— Se eu não tiver absolutamente nada para fazer, não poderia encontrar um lugar melhor para isso — disse ela.

— Tudo o que precisa fazer é relaxar — Jace concordou. — Desligue seu celular e desconecte-se do mundo.

Ela estava ansiosa por um tempo livre, mas precisava verificar suas mensagens primeiro. Praguejou quando percebeu que não tinha sinal no celular.

— Parece que não funciona aqui. Remoto demais para telefonia celular, eu acho — não havia lhe ocorrido que talvez não houvesse torres de operadoras de celulares nas montanhas. Como Batchelor se virava sem isso?

Ela, então, voltou sua atenção para o computador.

— Ah, não, a internet também não funciona. Nenhuma conexão — Batchelor devia ter, pelo menos, uma conexão via satélite. Esse tipo de conexão era famoso por sua lentidão e baixa confiabilidade.

— Você não precisa de internet — essa era uma batalha constante entre eles. Jace deixava seu trabalho no escritório, enquanto que, para Kat, as fronteiras entre trabalho e casa não eram muito definidas. Ou, como Jace diria, ela não tinha vida. Mas agora o jogo tinha virado. Desta vez, Kat teria mais tempo de lazer, e não ele.

Jace já havia tirado boa parte das suas coisas das malas e colocado quase todas as roupas em uma das cômodas ao lado da cama *king size* no quarto principal. Os pertences de Kat ainda estavam em sua mala. Cuidaria deles mais tarde, assim que terminasse de conferir seu *notebook*.

— Achei que tivesse deixado esse negócio em casa — Jace franziu a testa. — Qual é o sentido de estar aqui se você não consegue aproveitar o lugar?

— É muito difícil, Jace. Não consigo relaxar enquanto não tiver certeza de que tudo está certo em casa. Vou apenas verificar meu e-mail de vez em quando — a felicidade de Kat realmente dependia de uma conexão WiFi. Ela sabia o quão estúpido isso era, mas pelo menos estava sendo honesta consigo mesma.

— Eu estou trabalhando aqui, você não — disse Jace, com uma expressão inconformada. — Eu deveria ter inspecionado suas malas antes de sairmos. Você precisa de uma intervenção ou algo assim. Apenas esqueça o trabalho por um fim de semana, está bem?

Jace provavelmente tinha razão, mas, sendo um jornalista investigativo, ele recebia um salário do *Vigilante*. Ela, por outro lado, estava nos negócios por conta própria. Não trabalhar significava não ter dinheiro. Mesmo assim, ele provavelmente estava certo. De qualquer forma, com a aproximação do Natal, seu trabalho estava escasso. Todos os seus casos de investigação de fraudes estavam concluídos e ela estava livre até janeiro. A maior parte das pessoas já havia diminuído o ritmo preparando-se para os feriados, e ela deveria fazer o mesmo. Tecnicamente, ela estava de férias, e tinha um fim de semana completamente livre em uma cabana no meio do nada que, embora tivesse uma péssima internet, era luxuosa. Sua única tarefa era divertir-se. Como isso poderia ser difícil?

Mas, e se alguém precisasse de sua ajuda? Um novo cliente?

Improvável, nessa época do ano.

— Acho que você está certo — Kat fechou o *notebook*. Estava desconectada do restante do mundo por enquanto, de qualquer forma. Tentaria de novo assim que Jace começasse a trabalhar.

Era meio absurdo passar o tempo olhando para uma tela quando havia à sua volta uma região tão intocada. O único ponto negativo era que Jace estaria ocupado. Mas ela poderia se divertir sozinha; havia a possibilidade de fazer caminhadas na neve, fazer trilhas ou apenas relaxar naquela cabana maravilhosa.

Kat jogou-se na cama *king size* e afundou no edredom macio. Virando-se de lado, pôde contemplar o cenário através das janelas que iam do teto ao chão. Portas francesas abriam-se para um grande *deck* que dava para uma vista de 180 graus do vale abaixo.

— Venha apreciar essa vista. É incrível — ela ergueu-se entre meia dúzia de travesseiros e analisou o quarto. A melhor coisa na cabana deles é que ela era autônoma, com uma cozinha totalmente abastecida que incluía uma adega de vinhos climatizada e bem equipada.

— Só um instante — Jace apareceu na soleira da porta de pasta na mão. — Vou dar uma olhada mais tarde, assim que terminar de organizar minhas coisas.

— Não demore muito.

A cabana deles ficava a menos de 100 metros do chalé principal, a residência particular de Batchelor, mas um pequeno elevado com sempre-vivas mantinha o chalé completamente escondido. Embora tivessem acesso a todas as facilidades, ainda assim estavam isolados. Kat só havia experimentado aquela sensação de isolamento uma vez, em uma trilha de uma semana no Alasca. Eles também haviam ido de avião para lá, mas as semelhanças acabavam aí. Embora estivessem em meio à natureza em ambas as viagens, esta experiência estava sem dúvida num patamar muito mais alto.

A neve tinha começado a cair momentos antes de eles chegarem à cabana, mas os grossos flocos já haviam coberto o chão com uma fina camada branca. Os olhos de Kat seguiam o voo de uma águia dourada conforme ela circulava preparando-se para o pouso sobre um pinheiro ao lado do *deck*.

— Olhe, Jace. Há um ninho bem do lado de fora — ela apontou para o topo da árvore, onde a águia estava empoleirada sobre um grande ninho. Era possível observar toda a atividade através das janelas sem nem mesmo sair da cama. Como conseguiria deixar aquele lugar?

Jace largou suas coisas e juntou-se a ela na cama:

— Sorte a sua. Uma pena que eu vou ter que trabalhar.

Kat fez cara de dó e aconchegou-se nele:

— Pobrezinho.

A águia desapareceu no ninho gigante, ocultando-se de seus olhares. Provavelmente ficaria encolhida ali esperando a neve parar de cair.

A cabana em que eles estavam hospedados fora construída bem junto ao penhasco. Todo o lado sul era de vidro, o que permitia admirar uma vista do vale, centenas de metros abaixo, que era de tirar o fôlego. O projeto de arquitetura seguira os contornos do penhasco e usara a geografia natural para oferecer proteção contra o vento. O *deck*, que se projetava para o penhasco, ficava suspenso cerca de dez metros no ar, o que dava a quem observava a paisagem a sensação de estar observando com os olhos de uma ave.

Isso era suficiente para fazer qualquer um prender a respiração.

Poucos chegavam até ali, já que a propriedade de Batchelor estava escondida em um canto de difícil acesso nas Montanhas Selkirk. A estrada rural pela qual haviam seguido era fácil de perder; o único outro acesso era por helicóptero ou motoneve.

Kat observava a paisagem, de boca aberta. Como Batchelor descobriu um lugar tão remoto assim?

— Eu com certeza posso me acostumar a isso — disse ela.

A floresta ao leste da cabana era visível pelo canto da janela. As árvores vestiam com pompa o que parecia um casaco esvoaçante açucarado, graças à neve que havia caído uma hora antes. Uma mudança considerável em comparação com o sol que brilhava no céu quando o avião pousou algumas horas mais cedo.

Jace rolou na cama na direção de Kat e envolveu-a com os braços:

— Eu também.

— Quando você tem que se encontrar com Batchelor?

— Daqui a uma hora— Jace sentou-se e tirou um aparelho do bolso. A voz de Dennis estalou no ar. Os dois conversaram por menos de um minuto. — Mudança de planos. Ele quer começar agora.

— Acho melhor não deixar um bilionário esperando — Kat sorriu, mas estava desapontada. Jace já estava acorrentado a Dennis por um rádio, o que ela achou ser um exagero, considerando o pouco tempo que eles tiveram juntos antes de o trabalho começar. — É melhor você ir.

Jace a beijou e disse:

— Volto logo. Vamos apenas discutir o esboço que eu enviei para ele — Jace havia enviado o esboço uma semana depois de assinar o contrato.

Kat suspirou:

— Estarei aqui. Sem fazer nada, claro.

Ela olhou para fora, pela janela, e viu que ainda faltavam horas para o sol se pôr, embora o céu estivesse cinzento e repleto de nuvens baixas e densas. Talvez fosse um bom dia para ficar quieta e simplesmente aproveitar a cabana.

O fogo, que, de forma providencial, já estava aceso quando eles chegaram, crepitava na lareira, aquecendo a suíte, e era tão relaxante quanto acolhedor. Jace estava certo, relaxar faz bem à alma. Infelizmente, Kat era uma alma inquieta.

Levantou-se e, agachando-se diante da lareira, pegou uma tora da pilha de lenha ao lado e lançou-a ao fogo, alimentando-o, hipnotizada pelas chamas. A quem ela estava enganando? Não estava hipnotizada, estava entediada. Queria sentar-se e ficar sem fazer nada, mas descobriu que era impossível.

Ir para fora, entretanto, não era uma opção naquele momento, com o fogo crepitando. Ela também poderia fazer uns alongamentos. Inspirou profundamente, preparando-se para um pouco de yoga, ao lado da lareira, mas tossiu com a fumaça.

Havia esquecido disso.

Como ela poderia pensar em ficar *zen* enquanto Jace estava trabalhando como louco ali por perto?

Apagou o fogo e decidiu sair para dar uma caminhada nos arredores enquanto ainda era dia. O ar fresco seria revigorante. Além disso, ela tinha tempo de sobra para relaxar ao lado do fogo com Jace mais tarde.

Calçou as botas, vestiu o casaco e saiu, seguindo pelo caminho pavimentado com pedras que conduzia ao chalé alguns metros adiante. Havia notado várias trilhas laterais que se ramificavam a partir do caminho principal entre a cabana e o chalé, e esse era o momento perfeito para explorar. Ela mal havia se aventurado por três metros quando se deparou com Jace.

Ele pisava firme e tinha o rosto vermelho de raiva; sequer notou que ela estava ali.

— Foi rápido — disse Kat, quando Jace passou apressado por ela. — Esqueceu alguma coisa?

— Só meu bom senso.

Ela deu meia-volta para segui-lo. Jace tinha se ausentado por menos de trinta minutos.

— O que está acontecendo?

— Conto para você lá dentro — ele passou como um furacão e subiu as escadas da cabana. Bateu os pés no capacho da entrada com um pouco mais de força do que o necessário para remover a neve que havia se amontoado em suas botas. Desamarrou os cadarços e atirou as botas para o lado. — Sabia que esse negócio com o Batchelor era bom demais para ser verdade.

Kat tirou as botas e seguiu Jace, entrando na cabana também. Ela agarrou seus calçados e os levou para dentro bem na hora em que um vento frio soprou flocos de neve para o *hall* de entrada. Era tão raro Jace ficar bravo, principalmente quando estava trabalhando.

Ele tirou a jaqueta, jogando-a na cadeira da sala de jantar, caminhou resolutamente até o *closet*, pegou sua bolsa de lona e sacudiu-a sobre a cama.

— Batchelor mentiu para mim. Ele não quer um biógrafo. Ele quer que eu seja seu escritor-fantasma. Não foi isso o que eu assinei.

Era o que ela mais temia. A admiração mútua parecia ter superado as expectativas, e essa reviravolta repentina fez a opinião de Jace sobre seu ídolo de infância cair rapidamente.

— Isso é muito ruim, mas ele está pagando bem. É tão grave assim?

— Claro que é. Nós concordamos que seria uma biografia "por Jace Burton". Não uma autobiografia em que eu seria apenas um escritor-fantasma anônimo.

Kat suspirou. Ela teria engolido o orgulho por cem mil dólares. Dentro do razoável, claro.

— É diferente do que o que ele lhe disse, mas ele ainda vai pagar cem mil dólares.

— Pode ser muito dinheiro, mas também é muito trabalho para mim. Esse contrato poderia me estabelecer como autor. Agora, como escritor-fantasma, eu faria todo o trabalho, mas ainda seria invisível.

— Ele conta isso para você agora, depois de termos feito todo esse caminho para chegar até aqui? — Kat já havia pensado que era bom demais para ser verdade, mas, naquela semana em que Dennis tocou no assunto pela primeira vez, não queria ser a estraga-prazeres. E tudo havia sido combinado tão rápido que não sobrara tempo para refletir.

— Ele planejou assim. Ele provavelmente sabia que eu teria recusado um contrato de escritor-fantasma.

— Você acredita que ele o enganou propositalmente para vir até aqui? — embora ela esperasse que houvesse alguma armadilha naquele negócio de milhares de dólares, duvidava que Batchelor o tivesse engano de propósito. Jace provavelmente não havia lido as letras miúdas.

— É isso mesmo — Jace suspirou. — Como pude ser tão estúpido?

— Não é o fim do mundo, Jace — Kat pegou uma garrafa de vinho seco no armário da cozinha e começou a procurar por um saca-rolhas. Era evidente que Jace não voltaria a trabalhar naquele dia, e se havia alguém que precisava relaxar e se acalmar, esse alguém era ele.

— Isso é um insulto. Você sabe o que significa trabalhar como escritor-fantasma.

Kat se sentia culpada por aproveitar o momento enquanto Jace claramente não estava aproveitando. Ela não queria que o fim de semana acabasse justamente quando ela estava começando a relaxar.

— Entendo que não é o que você esperava, mas qual é o problema de ter o nome dele na capa ao invés do seu? Ele obviamente admira sua escrita — não era muito legal, mas ela faria isso por cem mil dólares. Encontrou duas taças no armário de bebidas e as encheu. Entregou uma a Jace, que a colocou sobre a mesa.

— Esse não é o maior problema — Jace foi até o gaveteiro e tirou um amontoado de roupas que havia guardado mais cedo, jogando-as para dentro de sua bolsa de lona. — Isso significa que eu escrevo a história do jeito que ele me conta, seja verdade ou não. Nada de verificação independente. Nenhuma objeção. Eu sou apenas um escriba dele. Isso é um insulto.

— Você está se deixando levar pelas emoções. Pare e pense — Jace tinha a tendência de ser um pouco apressado quando se sentia enganado ou chateado. O contrato envolvia muito dinheiro. Dinheiro que poderia ser usado para pagar as intermináveis reformas da velha casa deles, que já estava se tornando um ralo de dinheiro.

— Não há nada a se pensar. Para mim, já chega.

— Mas você já sabe tanto sobre ele que mal vai precisar falar com ele para escrever o livro — Kat experimentou o vinho; tinha um sabor aveludado. — Não leve para o lado pessoal.

— Como não? Só vou fazer isso se for nos meus termos, da forma como concordamos no início — Jace desdobrou o contrato. — O contrato não faz nenhuma menção a escritor-fantasma.

— Mas você já tem um esboço pronto. Vai ser fácil escrever. E daí que seu nome não vai estar na capa? Talvez seja melhor assim — os olhos de Kat perderam-se por alguns instantes na paisagem que se abria diante da janela. Uma nuvem clara cobriu o sol, lançando uma sombra estranha sobre a paisagem. — Por que não tentar extrair o melhor de uma situação ruim?

— Melhor de que forma? Para eu me comprometer? — ele voltou para a mesa e tomou um gole do vinho. — Hum. Está muito bom.

Ela não mencionou que não havia trazido o vinho, mas que o havia pego da adega climatizada bem provisionada, com os cumprimentos de Batchelor.

— Deixe-me ver isso — disse Kat.

Jace entregou-lhe o contrato.

— Você não está se comprometendo. Está cumprindo um contrato, da mesma forma como você faz no *Vigilante*. Você escolhe o que escreve no jornal?

Ele suspirou: — Não, na verdade.

— É a mesma coisa. Batchelor vai encher o ego com esse livro, e você será muito bem pago. Você assinou um contrato, mas ele não pode exatamente forçar você a escrever qualquer coisa que você não queira. Se e quando isso acontecer, você pode discutir com ele essas particularidades no momento certo. Acho que não vai haver tantas coisas, só alguns exageros.

Jace franziu a testa.

— Além disso — ela acrescentou —, estamos presos aqui até domingo. Não tem como sairmos daqui sozinhos.

— Sem dúvida, parte do plano dele — Jace resmungou.

Mas ele havia se acalmado. O vinho estava funcionando.

Kat deu uma olhada cuidadosa no contrato cuja redação deixava claro que o nome de Jace não iria aparecer. No entanto, a cláusula estava na parte inferior da oitava página, portanto, não era óbvio. Ela decidiu não comentar sobre isso para não o deixar ainda mais furioso.

— Talvez você esteja certa — Jace fez uma pausa. — Eu nem sei se há alguma coisa a que eu possa fazer objeção antes de essa coisa surgir. Eu posso pensar nisso mais tarde, se e quando isso acontecer. É um pouco cedo para esperar o pior. É só que eu sinto que ele usou a redação contratual para me enganar.

— Aposto que os advogados dele fazem ele colocar esse tipo de cláusula em tudo quanto é coisa. Afinal de contas, ele é um bilionário — Kat omitiu o fato de que Jace poderia ter evitado a confusão se ele tivesse lido o contrato cuidadosamente antes da viagem.

— Ainda duvido que ele vá ser objetivo. Ele não vai dizer nada ruim sobre si mesmo.

— O fato de ser um trabalho como escritor-fantasma é uma bênção. Você não precisa mais se preocupar com o conteúdo, já que o seu nome não estará no livro. Eu sei que não é o ideal, mas por que não dar uma chance a isso? Você pode cair fora a qualquer momento caso se sentir comprometido ou desconfortável. Mas não espere o pior. Não ainda, pelo menos — independentemente de Jace cooperar ou não com Batchelor, seu avião particular não voltaria até domingo à tarde, e eles precisariam de transporte para sair da montanha e chegarem até o avião no aeroporto de Sinclair Junction.

— Acho que você está certa — Jace colocou a taça de vinho no consolo da lareira enquanto colocava mais lenha no fogo.

— O fato de Batchelor ter escolhido você por si só é um elogio. Ele tem dinheiro para contratar quem ele quiser — pena que ele havia destruído a imagem que Jace tinha do único ídolo que ele já tivera.

— Acho que sim — Jace juntou-se a Kat à janela. — Pelo menos você está aproveitando.

— E como eu não estaria? Olhe só para esse lugar — a cabana luxuosa em que estavam hospedados teria custado milhares de dólares por noite em um *resort* nas montanhas. A cabana de madeira era maior do que a casa deles, e o piso aquecido de ardósia e os luxuosos tapetes eram muito mais opulentos. A vista espetacular no entorno do penhasco deixava-a boquiaberta.

Kat abriu a porta de correr e pisou no *deck*. Em menos de uma hora, a neve havia embranquecido as rochas, transformando-as em grandes colinas brancas. As nuvens pairavam baixas sobre o vale, dando-lhe um ar místico cheio de mistério. Tudo estava quieto e em silêncio; os pássaros haviam se refugiado em seus ninhos quando a neve ficou intensa.

Tremendo, voltou para dentro.

— Ainda temos algumas horas antes do jantar. Vamos dar uma volta na neve. Pode ajudar você a espairecer — disse ela.

— Vamos começar do começo — Jace puxou Kat para a cama. — Ao invés disso, vamos relaxar aqui.

Não era bem o que ela tinha em mente, mas com certeza era muito mais quente lá dentro.

— Não é tranquilo? Eu poderia ficar olhando a neve cair por horas.

Kat aconchegou-se ao peito de Jace. O cenário era um agradável contraste com a chuvosa Vancouver. A paisagem de inverno avivou seu espírito natalino, e o melhor de tudo é que dava para ver tudo isso sem sair da cama *king size*. Os flocos de neve estavam maiores agora, e a vista do vale ficou menos nítida. Talvez ficar lá dentro não fosse tão ruim, no fim das contas.

Jace deu um salto repentino.

— Espere. Aquele não é o Ranger? — ele apontou para a janela da cozinha. — O que ele está fazendo lá fora?

Talvez a cabana deles não fosse tão isolada quanto ela havia pensado. A dez metros, logo além do limiar das árvores, viu a grande figura de Ranger, além de uma outra, de um homem menor. Eles estavam parados ao lado de uma motoneve, no que parecia ser uma via de acesso que provavelmente fazia parte da estrada pela qual Kat e Jace haviam chegado à montanha mais cedo.

— Eles parecem estar discutindo sobre alguma coisa — disse Kat. O homem menor gesticulava furiosamente enquanto subia na motoneve.

Jace caminhou até a janela para conseguir ver melhor. Kat o seguiu. O ponto em que eles estavam oferecia a vantagem de permitir que eles observassem sem serem vistos. Não conseguiam ouvir nada da conversa, mas era óbvio que Ranger estava dando ordens ao estranho. Aquilo não ia acabar bem. O homem saltou da motoneve e caminhou resolutamente na direção de Ranger, gesticulando furiosamente enquanto gritava com ele.

Ranger agarrou seus braços, puxando-o para baixo e, em seguida, empurrando-o. O outro homem cambaleou diante dele antes de pisar à frente para recuperar o equilíbrio. Ranger deu-lhe um novo empurrão e ele caiu de costas na neve ao lado do veículo.

Preso à motonove, havia um pequeno reboque. Tanto a motoneve quanto o reboque estavam carregados de caixas de papelão, nas quais estava escrito alguma coisa em letras grandes e vermelhas; a distância, no entanto, era grande demais para que Jace e Kat conseguissem ler.

O homem levantou-se, apoiando-se com um braço sobre as caixas. Disse algo a Ranger, mas parecia contido dessa vez.

Ranger agitou as mãos no alto e saiu furioso em direção ao chalé. Minutos depois, apareceu novamente em outra motoneve. Ranger à frente, os dois homens saíram a toda velocidade em seus veículos, espalhando rajadas de neve.

Kat agora não tinha mais muita certeza se gostaria de fazer um passeio de motoneve com Ranger; suas mudanças de humor não faziam dele uma companhia muito agradável.

— Jace?

— Hmm?

— Não é uma ironia nosso amigo ambientalista ter um chalé enorme que consome tanta energia? E todos esses veículos? Quantos ativistas ambientais possuem um avião particular?

— Você tem razão.

— Pergunte isso a ele.

Jace bufou.

— Não posso fazer isso — disse ele.

— Por que não? Só porque você está fazendo um trabalho como escritor-fantasma não significa que esteja amordaçado. Por que não o colocar contra a parede?

Jace lançou-lhe um olhar duvidoso.

— Ele tem que falar sobre isso no livro, senão outras pessoas vão fazer isso por ele. Essa é a forma de você convencê-lo a contar a história dele. Mesmo que seu nome não esteja no livro, você ainda pode se sentir orgulhoso do que está escrito.

— Acho que eu poderia perguntar. A pior coisa que ele pode fazer é me chutar para fora daqui. E, para fazer isso, ele vai ter que nos deixar de avião em casa — ele sorriu. — De qualquer forma, é exatamente isso o que eu quero.

— Só pergunte de forma amigável — ela o abraçou. — Quero aproveitar um pouco esse lugar antes que as nossas boas-vindas se esgotem.

— Vou tentar, mas não posso garantir se isso ferir meus valores. É melhor que você tenha seu momento de diversão antes que seja tarde.

Era exatamente isso o que ela pretendia.

3

O sábado amanheceu claro e brilhante. O estômago de Kat roncou, mas ela estava apreensiva quanto a tomar o café da manhã no chalé com Batchelor. Jace havia passado a noite ruminando sobre a enganação do contrato e ela estava com receio de que ele perdesse a calma.

Ele apenas tinha que cooperar com Batchelor durante um fim de semana para receber uns bons milhares de dólares em troca de seus esforços. É claro que não era tão simples assim. Os dois homens completariam o primeiro capítulo naquele fim de semana; Jace revisaria e daria uma polida no esboço e concluiria um manuscrito ao longo dos meses seguintes. Ele apenas tinha que controlar os nervos durante o fim de semana.

Jace estava contando não apenas com o pagamento generoso, mas também com o reconhecimento e a exposição que viriam em decorrência da autoria. Aquele era o ponto delicado. Como escritor-fantasma, apenas o nome de Batchelor estaria na capa do livro; a contribuição de Jace seria anônima.

Embora ela não culpasse Jace por se sentir enganado a respeito da biografia, este era o acordo e, infelizmente, ele não havia lido as letras miúdas. Contrato é contrato e ele tinha que honrar seu compromisso. Teria que suportar Batchelor por apenas um dia até que retornassem a Vancouver na noite do dia seguinte.

Batchelor já estava sentado na sala de jantar quando Kat e Jace chegaram ao chalé para o café da manhã. Ele fez um gesto com a cabeça indicando que os havia visto, enquanto falava num *headset*. Como a maioria dos magnatas, ele trabalhava o tempo todo. As preocupações de Kat com relação a algum mal-estar durante o café mostraram-se desnecessárias. Batchelor, pelo menos, não demonstrou animosidade.

Kat olhou de relance para Jace, mas rosto dele estava inexpressivo. Suas emoções estavam sob controle, mas por um fio. Seu comportamento calmo de momentos antes havia desaparecido, enquanto a tensão fervilhava logo abaixo da superfície. Será que só ela conseguia perceber isso por conhecê-lo tão bem ou Batchelor também tinha notado? Quanto tempo levaria até Jace explodir? Seria bem difícil para ele manter a calma enquanto estivesse trabalhando com Dennis o dia todo.

Dennis Batchelor já devia ter comido ou decidira não comer. Havia um copo de água gelada e uma pilha de pastas colocadas bem à sua frente. Ele terminou a ligação e tomou seu copo d'água de um gole só antes de se dirigir a eles, evitando cuidadosamente trocar olhares com Jace, mas sorrindo para Kat:

— Bom dia.

— Bom dia — ela respondeu. A tensão silenciosa era, no mínimo, embaraçosa. Aparentemente, Dennis havia captado o humor de Jace no fim das contas. Acomodações luxuosas ou não, estava claro que seria um longo fim de semana.

O silêncio desagradável aumentou quando Kat se sentou à mesa à frente de Jace. Dennis levantou-se e caminhou até a geladeira, e as solas de sua bota faziam estalidos no chão de mármore, dando mais ênfase à falta de conversa. Ele colocou o copo abaixo do dispensador de gelo, que estalou ao cair no copo. Em seguida, voltou ao seu lugar e tirou a tampa de uma garrafa d'água; tudo isso sem dizer uma só palavra.

O silêncio era insuportável e Kat sondou a sala em busca de uma ideia para puxar conversa.

Ficou surpresa ao ver garrafas d'água por todo lado.

— Você não tem água encanada? — perguntou ela.

— Não desde que o cano d'água estourou ontem. Foi por causa do frio que tem feito ultimamente. É uma medida temporária enquanto os reparos são feitos.

Kat abriu uma garrafa e encheu seu copo. Água em garrafas parecia um pouco vergonhoso, já que eles estavam rodeados por geleiras e neve acumulada. Ela deu uma olhada para fora pela janela e viu o monte de neve de quase um metro que cercava o chalé. Havia bastante água doce ali. A neve derretida não era muito eficiente, mas trazer garrafas d'água de caminhão, ou de avião, devia ser menos ainda.

Batchelor pareceu adivinhar seus pensamentos:

— A água encanada vem de um lago alimentado por geleiras. É uma pena que não possam experimentá-la.

— Vou experimentar na cidade.

Ele balançou a cabeça negativamente:

— Não tem como. O cano que estourou está no reservatório, não aqui no chalé. Receio que você não poderá experimentar essa água em nenhum lugar neste momento.

— Suponho que não seja possível consertar isso durante o inverno, não é? — o tempo estava frio demais, e, com a estrada fechada, provavelmente seria difícil encontrar um prestador de serviços disposto a visitar a área afastada no meio do inverno.

Batchelor não respondeu.

O *chef* preparou ovos cozidos enquanto eles enchiam seus pratos no suntuoso buffet. Havia uma variedade de queijos, pães e até mesmo salmão. Havia tanta comida que Kat se perguntou se não haveria outros convidados. Ela gostaria que houvesse, já que seus companheiros de mesa no momento não estavam exatamente falantes.

Kat mudou de assunto:

— Acho que vou dar uma caminhada hoje. Há alguma trilha boa

por perto? — enquanto Jace e Dennis estivessem trabalhando o dia todo, ela tiraria o máximo proveito da visita. Assim que os dois homens ficassem sozinhos, eles seriam forçados a conversar.

— Na verdade, não. Não há muito o que fazer por aqui, mas Ranger pode levá-la à vila, se quiser.

— Isso seria ótimo — Kat animou-se com a ideia de voltar para a pequena cidade com suas lojas e cafeterias pequenas e pitorescas ao longo da rua principal. Talvez até houvesse alguma loja de equipamentos esportivos. Ela daria uma olhada na loja por uma ou duas horas e finalizaria o passeio com uma caminhada ou uma trilha nos arredores da cidade. Ficou surpresa por Batchelor se referir à Sinclair Junction como vila, já que o local parecia ter pelo menos alguns milhares de habitantes.

— Ranger vai ter que levá-la de motoneve, já que a estrada está bloqueada pela neve que caiu ontem à noite.

Melhor ainda. Ela nunca andara de motoneve antes.

Como que por mágica, Ranger apareceu na soleira da porta. Sem dúvida, ele havia ouvido uma parte da conversa, o que a irritou. Sua impressão sobre ele ficara um pouco incerta depois de ter testemunhado a briga dele com o estranho na noite anterior.

— Não sabia que havia outra forma de chegar até aqui.

— Na verdade, é apenas uma trilha. Não somos dependentes da estrada, especialmente no inverno, quando ela fica fechada com frequência por causa de avalanches e deslizamentos de rochas. Ela às vezes fica fechada por dias ou até mesmo semanas. E quando a estrada está aberta durante o inverno, com a neve e o gelo, ela é no mínimo traiçoeira. É por isso que trouxemos vocês de avião. Mesmo no verão, a viagem de carro leva pelo menos nove horas.

— Pensei que Sinclair Junction era maior. Ela parece mais uma cidade.

— Não estou falando de Sinclair Junction. Há uma vila aqui perto, chamada Paradise Peaks. É até lá que a trilha vai.

— Não vi uma vila no caminho pelo qual viemos — Kat não havia visto nenhuma indicação de um vilarejo próximo. Exceto, claro, pelos ativistas.

— A vila fica no sentido oposto da estrada pela qual vieram. Não é exatamente um ponto turístico, mas pelo menos há uma pequena loja de utilidades. Fica a apenas alguns quilômetros daqui.

Kat ficou desapontada ao dar-se conta de que, afinal, não iria explorar a cidadezinha histórica. Nada de compras também.

— Tão perto assim? Talvez eu vá caminhando — ela estava ansiosa para respirar o ar fresco das montanhas e fazer um pouco de exercício.

— Você não pode ir andando. Não existe uma via, e a neve está muito funda. Vai ter que ir pela trilha de motoneve. Você nunca conseguiria encontrá-la sozinha.

— Parece ótimo, Dennis. Vou aceitar sua oferta — ela lançou um olhar rápido a Jace, que fingia estar absorto na leitura de uma revista enquanto tomava café. Kat se manteve flexível, mesmo não sendo bem o que ela esperava.

— Acho que vai gostar da vila. A loja de utilidades está em funcionamento desde o fim do século XIX — disse Dennis. — Ela tem tudo o que você pode imaginar, de ferramentas a equipamentos de caça e mel. As pessoas viajam quilômetros para comprar lá.

— Aqui parece ser tão remoto, como se quase não houvesse ninguém ao redor. Onde todos se escondem? — Kat tinha esperanças de que a população da vila incluísse mais do que apenas os ativistas.

— É só impressão. Há centenas de pessoas a apenas alguns quilômetros, mas elas estão dispersas em ranchos e grandes propriedades. Não estão à vista, mas ainda assim próximas.

Kat se perguntou como essas pessoas escondidas ganhavam a vida. Havia rumores de que as colinas abrigavam várias instalações de cultivo de maconha. Ela não sabia de nenhuma outra indústria na região. A mineração havia sido forte, mas então decaiu rapidamente no meio do século passado. Talvez tivesse sido substituída pela maconha. Kat decidiu não fazer perguntas sobre os rumores a respeito do cultivo de maconha; resolveu falar sobre assuntos mais amenos:

— Vejo por que gosta daqui. É tão calmo e tranquilo.

— Gostamos que seja assim — Dennis disse. — A maioria das pessoas vem para cá para fugir da correria.

— Pronta? — Ranger sorriu para Kat.

Ela forçou um sorriso:

— Vou pegar minha jaqueta e minhas coisas.

— Ótimo. Espero você lá fora em dez minutos.

Kat despediu-se dos homens, feliz por estar livre daquele silêncio embaraçoso.

Minutos depois, sentou-se atrás de Ranger na motoneve e eles deslizaram pela neve recém-caída, o sol cintilando sobre os salpicos de neve levantados pelo movimento da motoneve. O barulho do motor não permitia que eles conversassem, o que Kat achou ótimo. Ela admirava o cenário de inverno conforme cruzavam o terreno irregular.

O caminho levou-os por um planalto que parecia se estender por quilômetros. A neve cobria as árvores dispostas a um dos lados do planalto, enquanto que, um quilômetro à frente, do lado oposto, penhascos rochosos se abriam de forma abrupta. Eles cruzaram ao longo do limite da floresta até que esta foi gradualmente ficando mais densa, enquanto a beira do penhasco foi desaparecendo da vista.

O trajeto já durava uma hora quando derraparam diante de um obstáculo. Árvores tombadas bloqueavam o caminho vários metros à frente. Ranger desligou o motor e virou-se para Kat.

— Por pouco não vi a tempo. Eles de novo — saltou da motoneve e caminhou até as árvores derrubadas. Tentou mover uma delas, praguejando mais para si mesmo. A árvore nem saiu do lugar.

— Eles quem? — perguntou Kat.

— Os ativistas não gostam de pessoas passando por aqui. Não que eles tenham qualquer autoridade sobre isso. Essa área pertence ao governo e eles não têm o direito de bloquear terras públicas.

— Contra o que eles estão protestando? A mesma coisa que os outros?

Ranger ignorou sua pergunta.

—Terei que levar você de volta. Vamos pegar o caminhão para chegar à cidade.

— Vocês com certeza têm muita gente furiosa por aqui. Alguma coisa prestes a acontecer? — os comentários de Ranger dissiparam a ideia dos hippies despreocupados e cultivadores de maconha que ela havia imaginado.

— Algo assim — ele deu a meia volta com a motoneve e eles voltaram para o chalé. Chegaram rapidamente à cerca que demarcava os limites da propriedade de Batchelor. Ranger desceu da motoneve e abriu o portão.

Kat sentiu-se momentaneamente tentada a ir conferir como iam as coisas entre Dennis e Jace, mas desistiu da ideia. Além disso, ela estava aproveitando o ar fresco da manhã de inverno, e seria um desperdício não dar uma olhada nos arredores.

— Talvez eu apenas explore por aqui mesmo, para respirar um pouco de ar puro.

— Você é quem sabe. Apenas não saia da propriedade — Ele apontou na direção de um declive suave que se desviava das montanhas e da direção dos ativistas.

— Está vendo a borda daquela clareira? — perguntou ele.

Kat assentiu. As árvores eram mais esparsas, e a luz se infiltrava por elas.

— Há uma trilha ali. Siga por ela e você vai chegar à estrada. Ao invés de seguir a estrada, atravesse-a e continue ao longo da trilha. É uma rota circular, então você vai poder segui-la de volta para a clareira. Há um pequeno lago bem legal no final da curva.

— Ok — por que Ranger ou Dennis não haviam mencionado a trilha antes? Afinal, o que ela queria desde o início era fazer uma caminhada.

— Nós nos encontramos aqui depois e eu levo você de volta — Ranger olhou por cima do ombro dela conforme o som de motoneves que se aproximavam ficava mais alto. — Agora, tenho que cuidar de algumas coisas.

— Tudo bem. Estarei de volta em...

— Digamos uma hora — Ranger virou-se abruptamente e acionou o motor, saindo a toda velocidade na direção dos outros veículos sem falar mais nenhuma palavra.

Os motores das motoneves foram ficando para trás conforme Kat avançava na trilha. A neve refletia o brilho do sol e, exceto pelo som dos seus passos, tudo estava em silêncio. A neve, que caíra na noite anterior, estava fresca, leve e fofa. Suas pegadas eram a única coisa que quebrava a homogeneidade daquela imensidão branca.

Kat chegou ao final da trilha dez minutos depois. O dossel de árvores protegia a trilha da neve, tornando a caminhada mais fácil. Ela divisou a estrada por entre as árvores cinco minutos depois e chegou ao lago depois de mais alguns minutos. Um verdadeiro anti-clímax. Ranger obviamente subestimou seu nível de condiciona-mento ou superestimou a extensão da trilha.

E agora? Ela ainda tinha quarenta e cinco minutos até Ranger voltar; teria que matar bastante tempo. Voltou pelo mesmo caminho, percebendo que havia montes de neve acumulados ao redor das árvo-res. Pegadas de coelhos e outros animais seguiam paralelamente a trilha. Onde existem presas, provavelmente existem predadores, também. Que tipos de predadores habitariam um planalto de conífe-ras? Lobos, linces talvez? Estariam eles observando-a naquele instante?

Kat sentiu um calafrio quando se lembrou que predadores são silenciosos por natureza. Sua sobrevivência dependia disso. Mas, se havia predadores escondidos por ali, eles permaneceram invisíveis.

Kat estava agora bem consciente do silêncio. Não havia sons de pássaros, já que que estava frio demais para a maioria das aves da região. Mas ela também não viu falcões nem outras aves. Ficou um pouco mais tranquila quando lembrou que todas as aves, exceto as de rapina, deveriam ter migrado para o sul durante o inverno. As mais obstinadas deveriam estar reunidas em altitudes mais baixas, onde a temperatura era mais amena. A neve pesada havia diminuído drasti-camente as fontes de alimento, tanto para os predadores quanto para suas presas, e os animais que habitavam as imediações deveriam estar hibernando ou passando a maior parte do tempo escondidos em suas tocas.

Suas racionalizações não tornaram o silêncio menos desconfortá-vel. Ela deu a volta e refez a trilha várias vezes. A única vista interes-sante era o lago, embora não houvesse muito o que ver nele no inverno, pois estava completamente congelado, cercado por colinas cobertas de neve. Nada de pássaros ou flores silvestres, apenas uma floresta silenciada pelo inverno. Kat voltou para o ponto de partida. À essa altura, devia ter se passado quase uma hora. Ainda nenhum sinal de Ranger.

Também não havia nenhum som de motoneve se aproximando. Apesar do silêncio, ela tinha a estranha impressão de que algo — ou alguém — a estava observando. Lembrou-se, então, do comentário de Dennis, de que centenas de pessoas moravam por ali. Onde todos se escondiam?

Deu um salto quando ouviu, por entre os arbustos, o som de um galho se partindo. Provavelmente era apenas um cervo.

Talvez ela só estivesse sendo paranoica. Ranger não a teria orientado a ir ali se fosse perigoso. Não havia problema em explorar um pouco mais enquanto esperava, desde que mantivesse seu senso de direção. Ela ainda tinha dez minutos antes do horário combinado.

Notou a abertura de uma outra trilha num declive próximo e desejou ter notado isso antes. A suposição de Ranger de que ela não estava à altura do exercício aborreceu-a. A rampa íngreme era exatamente do que ela precisava: um pouco de exercício cardiorrespiratório e um possível ponto de observação.

Teve que se esforçar para subir a colina, e notou que a trilha deveria ter uma inclinação de pelo menos dez por cento. A inclinação, no entanto, gerava um benefício, já que a elevação provavelmente lhe permitiria ver o ponto de encontro a partir de cima. Ela poderia descer rapidamente e com facilidade assim que visse Ranger.

Seus calçados para trilha não eram próprios para a neve e o gelo, e ela escorregou algumas vezes enquanto se esforçava para chegar ao topo da colina coberta de gelo. A neve acabou escorrendo para dentro das suas botas, e Kat se arrependeu de não ter levado polainas para manter os tornozelos aquecidos. Na verdade, ela não tinha escolhido muito cuidadosamente suas roupas quando se arrumou para sair. E além do mais, estava esperando conhecer uma cidade, não subir a encosta de uma montanha. Não que isso fosse problema, já que Kat não estava correndo o risco de congelar. Em menos de uma hora estaria de volta ao chalé, aquecendo-se ao lado do fogo.

Galgou o último trecho da rampa, suando por dentro da jaqueta pesada. Ranger estava doido se pensava que ela gastaria uma hora na outra trilha.

Kat saiu da trilha para o alto do platô exatamente no momento em que um tiro ecoou pelos ares. Ela congelou de medo. Ranger não mencionou que a caça era praticada na região, e ela não havia visto nenhuma indicação de cervos ou outro tipo de caça. Que outra razão haveria para um tiro no meio do nada?

Embora Ranger não a tivesse largado no meio de uma área de caça, ela havia desobedecido suas instruções e estava a pelo menos um quilômetro e meio do ponto de encontro. Ela não deveria ter pegado a trilha. Sua jaqueta se camuflava com o entorno; e se o caçador confundisse seus movimentos com os de uma caça?

Kat ficou paralisada, cheia de dúvidas sobre o que fazer. Seus instintos diziam a ela para voltar para a trilha para se proteger, mas ela não tinha certeza de qual direção o tiro havia vindo. Precisava se distanciar do atirador, mas movimentos repentinos poderiam levá-lo a apertar o gatilho.

Será que ela deveria esquecer Ranger e apenas voltar para o chalé sozinha? Decidiu esperar um pouco mais, na esperança de que ele tivesse ouvido o tiro e voltasse rapidamente. Onde diabos ele estaria, afinal? De acordo com seu relógio, Ranger estava agora dez minutos atrasado.

Um galho estalou atrás dela.

— Não se mova, ou eu atiro — a mulher pressionou o rifle contra as costas de Kat.

4

———————

A voz da mulher era suave, mas firme:

— Mantenha as mãos onde eu as possa ver.

Um assalto a mão armada era a última coisa que Kat esperava de uma caminhada no campo. Ergueu as mãos lentamente.

— Não atire. Vou embora agora — disse ela.

— Você faz o que eu digo. Agora, vire-se. Devagar.

Kat obedeceu, e viu o rifle a apenas alguns centímetros do seu peito. Seus olhos foram do rifle aos olhos frios e azuis de uma mulher grisalha e de corpo atlético. Ela era cerca de 15 centímetros menor que Kat, mas, por conta da arma, Kat não a desafiaria.

A mulher tirou os esquis e olhou para Kat com uma expressão de poucos amigos.

Kat reconheceu Elke, a mulher que eles haviam encontrado na estrada bloqueada.

— Eu não pretendia...

— Eu que falo aqui — ela manteve a arma apontada para Kat. — Diga-me quem você é o que faz aqui.

— Sou convidada de Dennis Batchelor. Acho que nos conhecemos no bloqueio que estavam fazendo...

— Mãos para cima, eu disse.

Kat obedeceu.

— Acho que ainda estou nas terras dele — ela não havia passado por nenhuma cerca ou outra marcação de fronteira que a fizesse pensar o contrário. Talvez não houvesse nenhuma indicação ou demarcação de propriedade. De qualquer forma, agir com confiança poderia neutralizar a situação. Onde diabos estava Ranger quando ela precisava dele?

— Isso ainda está em discussão — o rifle de Elke era desproporcional à sua constituição delicada, assim como sua enorme mochila. Uma pá dobrável estava presa à mochila por cordas e um par de bastões de esqui jaziam sobre a neve a seus pés. Ela parecia preparada para tudo.

— Certo, eu me enganei — Ranger não havia indicado exatamente até onde ia a propriedade de Batchelor. Kat se arrependeu de ter se desviado da trilha original.

— Isso mesmo — Elke indicou a direção do chalé com um sinal de cabeça. — Agora, vire-se e caia fora daqui.

— Abaixe sua arma primeiro — se a mochila de Elke a fizesse se desequilibrar, ela poderia puxar o gatilho acidentalmente.

Elke bufou: — E por que eu faria isso?

— Olhe, desculpe-me se eu a assustei. Seus desentendimentos com Dennis Batchelor não são da minha conta e eu gostaria de ficar fora disso. Eu saio agora mesmo, apenas abaixe sua arma. Não vou dar as costas com esse negócio apontado para mim — ela não queria agitar Elke ainda mais, mas o dedo no gatilho estava apavorando-a.

Elke não se mexeu um centímetro:

— Você faz parte disso também? Nos tirar daqui para que Batchelor possa lucrar?

— Não faço ideia do que você está falando. Estou apenas passando o fim de semana aqui enquanto meu namorado trabalha num projeto com Dennis — ela devia ter ido embora quando teve a oportunidade. — Acho melhor eu ir agora.

— Espere aí. Que tipo de trabalho? — os olhos de Elke se estreitaram.

— Ele é jornalista — Kat disse. — Está escrevendo a biografia de

Dennis — com arma ou sem arma, isso não era da conta de Elke. Kat se arrependeu de ter dado mais detalhes.

— Cheia de mentiras, com certeza; se é isso mesmo o que seu namorado está fazendo — mas Elke havia baixado um pouco a arma, que agora apontava para os pés de Kat.

— Claro que é — o coração de Kat acelerou. Ela se arriscou a enfurecer Elke ainda mais, já que não falar nada talvez fosse pior. As coisas podiam piorar muito rapidamente com uma excêntrica portando uma arma no meio do nada. — Por que mais estaríamos aqui?

— Não venha com conversa. Você e Batchelor são farinha do mesmo saco — Elke mudou levemente de posição. — Tudo se resume a dinheiro para pessoas como vocês.

— Que pessoas? — Kat se sentiu ofendida por ser classificada no mesmo grupo de Batchelor. Voltou a prestar atenção à arma. Será que a trava de segurança estava fechada? Será que dispararia? — Pela última vez, você poderia, por favor, parar de apontar sua arma para mim?

Elke atendeu dessa vez e baixou a arma, colocando-a ao lado do corpo:

— Como Batchelor pode se dizer um ambientalista? Ele deixou eles arruinarem nossa água potável, e tudo em nome dos lucros?

— Como um cano quebrado pode ser culpa dele? — Kat não entendeu como Elke poderia culpá-lo pelo problema no reservatório.

— Foi isso o que ele contou para você? — Elke balançou a cabeça negativamente. — Espero que não esteja bebendo aquela água.

— Estou bebendo água engarrafada. Pelo menos por enquanto, até que o problema seja resolvido.

— Pois pode esperar sentada. A água está ruim há três anos, desde que o tanque de rejeitos transbordou e contaminou nossa água. A mineradora não vai consertar isso. De fato, eles não vão fazer nada agora que a mina está fechada — ela fez um sinal com os dedos no ar para indicar aspas. — Eles dizem que, economicamente, não vale a pena.

A acusação de Elke diferia significativamente da versão de

Batchelor. Três anos era tempo demais para passar sem água encanada.

— Dennis me falou sobre a mina, mas disse que o tanque de rejeitos havia sido consertado.

— É claro que ele diz isso — disse Elke com ironia. — A empresa fez uns consertos meia boca no muro que havia se rompido. Tecnicamente, eles arrumaram, mas não a tempo de evitar que nossa água subterrânea fosse contaminada.

— Isso não pode ser consertado? — os cursos d'água da região e o solo tinham que ser recuperados e restaurados após um acidente ambiental. Essa era a lei.

Elke balançou a cabeça negativamente.

— Isso leva anos. A natureza tem que seguir seu curso. Os contaminantes se dissolvem com o tempo. Até lá, não podemos beber a água ou cultivar plantações.

Plantações que deveriam incluir maconha, o que explicava a arma de Elke.

— Agora me lembro de ter ouvido alguma coisa sobre o acidente. Foi parar em todos os noticiários. Acabei esquecendo depois que a cobertura da mídia deixou o assunto de lado.

— Todo mundo esqueceu. Os políticos fizeram suas promessas e a empresa concordou em consertar as coisas desde que as câmeras estivessem voltadas para eles. Nesse meio tempo, nosso gado foi envenenado e nossas plantações morreram. As pessoas ficaram doentes.

— Mas isso foi há alguns anos. Tem certeza que é a água? — o Canadá não era exatamente um país em desenvolvimento. Havia leis para manter as empresas na linha. A mineradora não poderia funcionar a menos que o tanque de rejeitos fosse consertado.

— Bem, você pega as coisas rápido — os olhos de Elke se estreitaram. — A mina não está funcionando. Eles dizem que o preço do ouro está muito baixo, e eles estão falidos. A verdade é que eles fizeram um acordo com o governo em troca do anúncio de que estava tudo em ordem, contanto que fechassem as portas. Eles caem fora e não são processados. E onde isso nos deixa?

— Vocês não podem abrir um processo contra a empresa? — a

extração realizada por mineradoras usava muitos produtos químicos, incluindo cianeto. O propósito do tanque de rejeitos era conter os produtos contaminantes. Se a empresa não tinha consertado o tanque, ela era responsável pelos danos.

Elke balançou a cabeça.

— A *Regal Gold Mine* pertence a uma empresa chinesa. Eles são legalmente intocáveis. Essa é uma razão pela qual eles abandonaram a mina. A outra é a queda de preços. O preço atual do ouro teria que dobrar para que a mina saísse do vermelho. Os proprietários não tinham incentivo para operá-la, muito menos gastar dinheiro para consertar as coisas. Então eles apenas caíram fora; abandonaram o investimento.

— Entendo.

Absolutamente nada a ver com Batchelor.

— E quanto a você? Batchelor contou para você sobre os planos dele para nos tirar daqui? Ele acha que consegue aguentar mais tempo do que nós, tirando nossos empregos.

De volta a Batchelor mais uma vez. Elke estava furiosa, culpando a todos.

— Espere um pouco — disse Kat. — Batchelor não arruinou a água. Ele também não tem água potável para beber.

— Ele tem dinheiro para encomendar água potável. Nós não.

— A água é um grande inconveniente para ele também. Mesmo que o que você está dizendo seja verdade, não é ele quem está controlando a mina. Culpe a mineradora por não consertar as coisas.

— Ele está envolvido nisso.

— Por que ele estaria? Você tem provas? — Batchelor não tinha razão para mentir sobre a água.

— Não diretamente — disse Elke. — Ele sabe cobrir as próprias pegadas. Eu sei do que estou falando.

Kat duvidava disso.

— Você entrou em contato com o governo? Eles têm regulamentos para garantir que as empresas sigam as normas.

— Todos eles estão envolvidos. Eles dão cobertura uns aos outros

— Elke mudou de posição. A arma, que estava apoiada sobre a lateral do seu corpo, caiu ao chão.

Kat deu um pulo.

A mulher curvou-se e recolheu a arma.

— Nós, pessoas comuns, sempre saímos perdendo — disse Elke.

— Bom, acho que é melhor eu voltar para o chalé — Kat havia se esquecido de Ranger, seja lá onde ele estivesse. Ela começaria a correr assim que ficasse fora do alcance da arma daquela doida varrida falando sobre teorias da conspiração.

— Se eu fosse você, ficaria longe daquele homem. Conhece a expressão "culpado por associação"?

Kat assentiu.

— Onde exatamente está a culpa de Batchelor em tudo isso? Ele está sofrendo o mesmo impacto que você.

— Ele se diz um ambientalista, mas não faz nada a respeito da contaminação da água em seu próprio quintal. Tudo o que ele tinha que fazer era alertar a mídia de que isso nunca foi consertado. Ele poderia conseguir a atenção das pessoas certas e tudo isso estaria resolvido. Por que ele não faz isso?

Kat deu de ombros. O argumento de Elke era válido. Batchelor havia construído o chalé vários anos antes; antes do acidente. Agora, o santuário dele estava comprometido com água insalubre. — Você acha que ele está de alguma forma envolvido com a mineradora?

— Tudo o que sei é que ele tem o poder para fazer alguma coisa, mas não faz. Um tanto suspeito para um ativista ambiental, se quer saber.

Kat olhou rapidamente à volta, mas não havia nenhum sinal de Ranger ou da motoneve. Ela tinha coisa melhor a fazer do que discutir com uma estranha armada. Esforçou-se para segurar a língua, embora fosse um exagero culpar Batchelor. Era um problema local que nada tinha a ver com ela, Kat procurou lembrar a si mesma.

— Eu realmente tenho que ir.

Elke bloqueou seu caminho: — Eles podem silenciar a mídia e o governo também.

— Não o governo. — Kat não tinha certeza a quem "eles" se referia. — Existem regulamentações para esse tipo de coisa. Ninguém está acima da lei.

— Como você é ingênua.

— Não sou ingênua. É fácil medir a extensão de uma contaminação. Resultados de testes não mentem, e se eles existem, alguém deveria denunciá-los — a mulher era doida. Uma doida com uma arma.

— Eles podem ser manipulados. Batchelor manteve a boca fechada porque está ganhando alguma coisa com isso.

Ele ficou de boca fechada porque não existe um problema. Kat não ousou dizer isso em voz alta.

— Acho que qualquer coisa é possível — ela disse.

Elke olhou para Kat com a cara fechada.

Kat tentou colocar a discussão de volta nos eixos:

— Por que você mesma não pode denunciá-los? O que impede você de ir à imprensa? Se o que você diz é verdade, você iria expor uma enorme conspiração com uma empresa bilionária e o governo.

A expressão de Elke ficou obscura.

— Você pode achar que dá certo, mas sempre acaba mal.

Kat olhou o relógio rapidamente. Já havia desperdiçado vinte minutos numa discussão que não era da conta dela.

— Eu tenho mesmo que ir —se refizesse o mesmo caminho pelo qual havia chegado ali, com sorte daria de cara com Ranger.

Elke era meio pirada, mas algumas de suas alegações eram verdadeiras. Pessoas abastadas como Batchelor raramente toleravam grandes inconveniências por dias, muito menos por anos. Afinal, quantos ambientalistas encomendavam água engarrafada que chegava de caminhão ou de avião durante anos?

Ambientalistas também não costumavam estabelecer seus retiros na natureza perto de mineradoras. A *Regal Gold Mine* estava ativa muito antes de o chalé de Batchelor ser construído. Vieram à sua memória as notícias sobre o acidente de três anos antes. Ela não se recordava de nenhuma menção a Batchelor, o que era estranho, em vista da sua inclinação pela publicidade.

Elke tinha razão ao dizer que ambientalistas normalmente combatiam desastres ambientais em seus próprios quintais. Kat olhou por cima dos ombros da mulher. Ranger estava a mais de uma hora atrasado, e ela não tinha meios de entrar em contato com ele ou com qualquer pessoa, já que não havia sinal de celular.

— Pergunte a Batchelor o que ele acha da *Regal Gold Mine* — disse Elke. — Aposto que não vai obter uma resposta direta.

— Você realmente acredita que ele está de alguma forma envolvido com a mineradora? — talvez houvesse mais nessa história. Caso sim, Jace devia ter conseguido captar alguma informação como parte da biografia.

— Claro que ele está. Ele mentiu ao dizer que a mina havia sido reparada, do contrário, ele não estaria bebendo água engarrafada.

— Mas é um cano quebrado...

— Isso é uma mentira deslavada. Primeiro, o tanque de rejeitos, depois o fechamento da mina para evitar as multas ambientais e os custos de reparação. A empresa abandonou a mina porque era caro demais consertar o tanque de rejeitos. As pessoas perderam o emprego e foram embora. Os poucos de nós que restaram têm direito a água potável. A única coisa destruída são os nossos sonhos.

As duas se sobressaltaram ao ouvirem o ruído de botas pisoteando a neve. As esperanças de Kat foram por água abaixo quando viu que o homem não era Ranger.

— Elke? Estava me perguntando onde você estava — o homem se aproximou e se apresentou: — Meu nome é Fritz — estendeu-lhe a mão, falando com sotaque. Kat deduziu que eles eram casados.

— Katerina Carter. Pode me chamar de Kat — disse ela, apertando a mão dele.

Fritz era muito mais amigável que Elke. Ele também exerceu um efeito tranquilizador em sua esposa, e Kat se sentiu grata por isso. — Estávamos apenas falando sobre a *Regal Gold Mine*.

— Ah — ele sorriu. — O assunto favorito dela. Ela contou a você sobre a água potável contaminada?

Kat assentiu.

— Não é apenas nossa água potável. A água subterrânea é absorvida pela grama onde nossos animais pastam, e vai para o leite e para a carne. Os donos estrangeiros não se importam.

— Isso é terrível — Kat concordou. Era também uma vergonha Dennis Batchelor não poder ou não querer usar sua influência para consertar as coisas. Ela decidiu perguntar diretamente a ele quando voltasse para o chalé.

— Mas a água e a mina não são problema seu. Peço que perdoe Elke. Ela fica muito envolvida com isso — ele suspirou. — Eu decidi deixar isso para trás. Não há nada que eu possa fazer contra essas pessoas poderosas. O que traz você aqui?

— Apenas fazendo uma visita enquanto meu namorado faz um trabalho para Batchelor.

A expressão de Fritz mudou: — É mesmo?

Kat se arrependeu instantaneamente da escolha de palavras que havia feito, já que elas fizeram parecer que Jace era funcionário de Batchelor.

— Ele está escrevendo a biografia de Batchelor — tecnicamente, ele estava fazendo o trabalho de um escritor-fantasma, mas isso era irrelevante para o casal. — Batchelor disse que a missão dele era proteger essa região intocada.

— Ele provavelmente não mencionou a estrada que ele está construindo, não é?

— Que estrada? — Kat lembrou-se das fotos na parede de Batchelor. Se o argumento de Fritz era verdadeiro, o que havia acontecido ao herói ambientalista que se acorrentara à árvore? Os comentários dele tinham relação com os de Elke. No entanto, Batchelor não havia mencionado uma estrada. De fato, ele parecia ser terminantemente contra qualquer tipo de desenvolvimento.

— Já chega — disse Fritz. — Vamos.

Elke agarrou o braço do marido e o afastou ao mesmo tempo em que um som de motor de motoneve ficou audível.

Ranger apareceu.

Kat suspirou de alívio ao ver a motoneve se aproximando. Virou-se para se despedir do casal, mas eles já estavam a quase quatro metros de distância, indo para a direção oposta sobre seus esquis.

Ela se voltou para o outro lado e caminhou em direção à moto-neve, pensando na mina e nas alegações do casal. Estava a meio caminho do veículo quando um estrondo a interrompeu.

5
____

Era impossível não ver a rachadura a partir do ponto em que Kat se encontrava. Um enorme bloco de neve havia se desprendido da montanha diretamente sobre eles. A saliência de neve acima formou uma profunda falha em forma de "V", onde a neve havia afundado, e estava momentaneamente suspensa, antes que a gravidade assumisse. Era como um filme sobre natureza em câmera lenta.

E então, o mundo desabou.

Um lado desmoronou, arrastando a encosta como uma flecha em busca de seu alvo, que estava a alguns metros de onde ela e os Kimmel haviam estado menos de um minuto antes.

Aquele instante de silêncio parecia eterno, enquanto rostos e lugares, memórias e seu futuro passaram rapidamente diante de seus olhos. Kat estava perfeitamente ciente do que estava prestes a acontecer, mas incapaz de fazer qualquer coisa para impedir.

Outro estrondo ecoou quando o segundo bloco se soltou da montanha. O chão tremeu, quase derrubando-a. A vibração era acompanhada por um rumor, que foi aumentando, quase sufocando os gritos dos Kimmel. Era como se todo o topo da montanha tivesse sido cortado e lançado pela encosta, aumentando de tamanho conforme a neve se juntava em sua esteira e ficando mais amplo à medida que descia a vertente.

Kat girou sobre os calcanhares, seguindo na direção que Elke e Fritz tomaram. A avalanche havia se espalhado trinta metros conforme formava bolas de neve e deslizava montanha abaixo. Estava a menos de quinze metros acima de Kat, mas ela estava paralisada pelo medo. Ela nunca conseguiria ultrapassar a velocidade de uma avalanche.

Seus olhos seguiram a trajetória e ela viu Elke e Fritz bem no centro da zona de deslizamento. Fritz tropeçou e caiu conforme eles tentavam freneticamente dar meia volta.

— Socorro! — Elke gritou, puxando o braço de Fritz e esforçando-se para levantá-lo. Era tarde demais.

A bola de neve havia ganhado velocidade, açoitando a encosta, e ficou ainda maior quando chegou a seis metros acima do casal. Aquela imagem, momentaneamente imóvel, ficou impressa na mente de Kat: o casal microscópico contra a imensa onda de neve exatamente acima deles.

Logo em seguida, a onda os engoliu.

E não havia nada que Kat pudesse fazer.

Absolutamente nada.

Estava indo na direção dela também. Kat gritou e correu na direção oposta.

As árvores.

Seus grossos troncos eram tudo o que podia salvá-la de ser enterrada no túmulo de gelo. Talvez elas pudessem suportar a força de milhares de quilos de neve. Ou talvez não. As árvores ficavam na periferia da zona de deslizamento que, de outro modo, estaria descoberta: uma clara evidência do massacre de deslizamentos anteriores.

As árvores eram sua única esperança; mas apenas se ela conseguisse alcançá-las a tempo.

O conjunto de árvores mais próximo estava a apenas dez metros de distância, mas os pés de Kat mal se moviam na neve fofa. Andar não era problema, mas correr era um esforço gigantesco. Cada passo que ela dava a fazia afundar na neve como se ela estivesse andando sobre areia movediça.

O rumor se intensificava conforme o céu escurecia. A neve assomou-se sobre ela como uma imensa onda.

Era correr ou morrer.

O bosque de abetos estava a apenas três metros agora, mais baixos por causa da avalanche. Até mesmo as árvores poderiam despencar sob o peso da neve, mas eram sua única chance de sobrevivência.

A vibração sacudiu-a por dentro. Seu coração explodia em seu peito conforme ela se lançava para frente. Um passo, dois passos...

Será que conseguiria?

Concentrou sua atenção no topo das árvores enquanto estas estremeciam sob a primeira onda de neve.

Flocos de neve fustigaram-lhe o rosto conforme a neve se assomava em sua direção.

Kat alcançou as árvores e caiu no vão logo abaixo da copa de uma delas, exausta. Pressionou as costas contra o tronco da árvore e se encolheu, preparando-se para a torrente de neve prestes a cair sobre si.

Um microssegundo depois, a parede de neve atingiu a árvore com um silvo violento. As árvores desapareceram e a neve a envolveu. Tudo o que Kat conseguia ver era branco; o granizo ferroava seu rosto, que estava exposto. Kat instintivamente tentou subir e moveu os braços tentando afastar a neve. A montanha reverberava enquanto ela lutava para ficar de pé.

E, tão rápido como começou, a avalanche acabou.

Assim como tudo o mais.

Kat deitou-se no chão, no vão de quase meio metro em torno do tronco do abeto. Fez força para ficar de pé, o corpo surrado.

Sacudiu a neve que se acumulara na jaqueta e observou à sua volta. Mesmo ali, na periferia da avalanche, os danos eram graves. Apenas a árvore na qual ela se refugiara e mais uma outra estavam de pé. As demais, que deviam ser em torno de doze, haviam se partido em pedaços como se fossem gravetos. Pura sorte ela ter escolhido uma árvore firme o suficiente para suportar a força da avalanche.

Foi um por triz.

Por um triz.

Kat olhou para cima, para o pico da montanha, e viu que pelo menos um terço dele havia desaparecido. A massa de neve da avalanche tinha sido muito maior do que Kat havia suspeitado. Seus olhos seguiram a trajetória do deslizamento em direção à base da montanha. Tudo no caminho estava oculto sob a neve; a paisagem estava totalmente transfigurada.

O grupo de árvores que Elke e Fritz haviam cruzado antes de chegarem ao ponto do deslizamento havia desaparecido. A maioria das árvores que rodeavam a área do deslizamento também haviam desaparecido, soterradas por quase dez metros de neve. O lugar onde Kat estivera momentos antes havia sofrido um impacto direto. Se ela não tivesse corrido, teria sido soterrada.

As árvores acima dela teriam sido atingidas também, se não fosse pelo pequeno detalhe de que elas estavam a poucos metros de distância do caminho direto da avalanche. A massa de neve que a envolveu era apenas parte do jato periférico da avalanche, não o deslizamento em si.

Ela teve muita sorte. No lugar certo na hora certa, no momento crucial.

O choro ficou preso em sua garganta quando seus olhos captaram um movimento. Um par de bastões de esqui deslizou por uns 4 metros pela encosta antes de ficarem presos num pequeno galho cravado na neve. Cinco minutos antes aquele galho estava na copa de uma *evergreen* de 12 metros de altura.

Com exceção dos bastões, a neve intacta não revelava mais nada. Nem pegadas, nem caminho, nem trilha. Não havia movimento algum.

Todos os sinais de vida humana haviam sido apagados, exceto pelos bastões de esqui.

Quando ela e o casal se separaram dez minutos antes, Elke estava carregando o rifle numa mão e os bastões na outra. Seus bastões de esqui só estavam agora sobre a neve porque ela não estava usando munhequeiras. Agora, ela desaparecera.

Antes, Fritz estava três metros à frente da esposa, mas agora não havia sinal dele também.

Kat havia conversado com eles há menos de cinco minutos. No entanto, em questão de instantes, eles estavam encerrados numa prisão de gelo.

Ela correu até o último ponto onde os vira. Tinha que cavar em busca deles, antes que sufocassem, o que era praticamente impossível sem uma pá ou um rádio transmissor para localizá-los sob a neve. De fato, ela não tinha nenhum equipamento para sobrevivência e resgate em avalanches. Sem sinal de celular, não podia nem mesmo ligar pedindo ajuda.

Tudo o que podia fazer era cavar com as mãos.

Kat gritou, com esperanças de ouvir uma resposta.

Silêncio.

Afundou as mãos na neve, esperando sentir o pó macio sobre o qual havia andado. Mas essa neve era dura e congelada; camadas mais antigas de gelo e degelo que se alternavam conforme as mudanças do clima. Era como cimento. Suas luvas logo ficaram em frangalhos e suas mãos, feridas pelo gelo.

Kat havia conseguido avançar menos de meio metro em cinco minutos.

Eles poderiam estar mortos a essa altura. Não houve nenhuma resposta do casal, nenhum sinal de que eles ao menos estivessem no ponto onde ela os havia visto pela última vez.

Ela se deu conta, alarmada, de que aquele nem era necessariamente o local onde eles haviam sido soterrados. A neve poderia tê-los carregado por três ou mesmo trinta metros antes de os soterrar. Eles poderiam estar em qualquer lugar.

Poderiam nem mesmo estar juntos, dependendo do ângulo e da velocidade em que a neve os havia atingido. Será que estariam usando transceptores de avalanche? Isso só seria útil se alguém com um receptor estivesse ali.

— Ei! Venha até aqui, agora!

Era Ranger, acenando da motoneve. Ele parou ao lado dos dois abetos que haviam restado.

— Não. Venha você aqui. Há pessoas soterradas. Vá buscar ajuda —Kat voltou a cavar.

— Eu acabei de chamar ajuda pelo rádio transmissor — Ranger gritou de volta. — Você tem que sair daí agora, antes que aconteça outra avalanche. Aquele bloco está extremamente instável.

— Eu tenho que tirá-los daqui. Você tem uma pá? — o tempo era fundamental, antes que fosse tarde demais. Ela não podia parar agora.

— Não há nada que possamos fazer sem nos matarmos. Saia daí, rápido — Ranger falou em seu rádio e acenou para Kat.

Segundos depois, uma voz masculina chiou em resposta. A estática do rádio estava tão forte que ela mal conseguia discernir as palavras. Mas ela não se importava. A única coisa que tinha em mente era encontrar os Kimmel.

— Temos que salvá-los — Kat nunca havia presenciado uma avalanche, mas sabia que ninguém conseguia se libertar sem ajuda. As vítimas ficavam soterradas debaixo de neve dura como concreto, incapazes de mexer os braços e as pernas. Mesmo estando a alguns centímetros de distância, elas não podiam ser vistas ou detectadas por equipes de resgate.

Os poucos que conseguiam escapar possuíam transponders e uma equipe ágil de resgate por perto. Mesmo que pás e sondas fossem imediatamente utilizadas, elas só eram efetivas dentro de um limite de tempo. O tempo não estava ao lado das vítimas. Qualquer um que estivesse soterrado e não fosse localizado dentro de minutos sufocaria.

Elke e Fritz estavam em algum lugar presos embaixo da neve. Será que eles teriam ouvido a voz dela, incapazes de responder? Ou já era tarde demais?

— Eu ouvi a avalanche — Ranger tirou os olhos do rádio. —

Chamei a equipe de busca e resgate, mas eu digo a você, é tarde demais para eles. Você pode sobreviver, mas tem que cair fora daqui, agora.

Ela permaneceu imóvel.

— Kat, já faz quase trinta minutos. Ninguém poderia aguentar tanto tempo.

Trinta minutos? Parecia que haviam se passado dez, mas com tudo o que acontecera, ela provavelmente tinha perdido a noção do tempo. Tinha a impressão de que apenas alguns minutos haviam se passado. Ranger estava certo, mas isso não tornava as coisas mais fáceis. Kat levantou-se e caminhou com dificuldade até Ranger e a motoneve, exausta e desolada.

— O que desencadeou a avalanche? — Kat observou a encosta da montanha, procurando por evidências de esquiadores ou motoneves, mas não havia sinal de atividade humana.

Avalanches são raras em dezembro. Elas são mais comuns na primavera, quando as alterações de temperatura ocorrem com mais frequência, criando um ciclo de congelamento e degelo. Muito do que ela sabia se devia ao trabalho de Jace como voluntário em equipes de busca e resgate. Embora o clima ali pudesse ser diferente do que era nas montanhas costeiras perto de Vancouver, todas as avalanches ocorrem de acordo com os mesmos princípios.

— Não sei. Às vezes, são os próprios esquiadores. Eles ficam tentados pela área aberta e a atravessam. É aí que é mais perigoso, e é também onde fica a neve mais propensa a deslizar.

Mas o casal mal havia passado pelas árvores quando a avalanche começou. E o deslizamento tinha começado bem acima deles. Não havia meios de eles a terem desencadeado.

— A equipe de resgate já não deveria estar aqui? — os comentários de Ranger preocuparam-na. Fritz e Elke eram habitantes experientes, portanto, conheciam o terreno. Alguma coisa não se encaixava.

Ranger olhou para o céu.

— O socorro deveria chegar por helicóptero. Achei que eles estariam aqui agora — disse ele.

Kat ainda tinha um lampejo de esperança com relação ao casal, mas o tempo estava se esgotando.

— Não podemos nos aproximar um pouco? Só para tentar ter uma ideia de onde poderíamos começar a procurar. Isso pode levar algum tempo. Poderíamos pelo menos ajudar a equipe de resgate indicando onde eles desapareceram — disse ela.

— Talvez um pouco — Ranger concordou. — Desde que fiquemos perto das árvores e longe do caminho da avalanche.

Kat o seguiu enquanto ele abria um caminho circular perto de onde ela havia estado alguns momentos antes. Caminharam lentamente ao longo do perímetro de arbustos e árvores, procurando por algum sinal do casal ou dos seus equipamentos. Além dos bastões de esqui, não havia nenhuma indicação de onde a montanha os havia engolido.

Avalanches, como tornados, geralmente carregam as vítimas para longe do local original. Eles poderiam estar em qualquer lugar, no ponto onde estavam inicialmente ou abaixo dele, e muitos metros sob a neve. As probabilidades de resgate eram pequenas.

— O que é aquilo? — Kat apontou para um objeto escuro trinta metros abaixo deles. Soube qual era a resposta antes que Ranger falasse. Era o rifle de Elke, mas ainda não havia qualquer sinal dela.

— Isso não significa que ela esteja por aqui. O rifle ficou acima da neve porque é mais leve.

Eles pararam na mesma altitude que o casal estivera antes, apenas alguns metros mais distantes. Kat observou atentamente a neve, mas não havia vestígios do caminho que o casal seguira antes de desaparecer sob o deslizamento. Eles estavam diretamente na linha de fogo. O impacto em si poderia tê-los matado ou pelo menos os deixado inconscientes.

Ela estava prestes a dar meia volta quando notou as pegadas.

— Está vendo aquilo? — apontou para a trilha deixada pela motoneve, dez metros acima deles. Estranho, já que não havia ouvido outra motoneve. E Ranger havia vindo da direção oposta. —Você acha que foi isso que desencadeou a avalanche?

Ranger balançou a cabeça negativamente.

— Aquele bloco se soltou ontem, provavelmente causou o deslizamento hoje. Aqueles esquiadores deviam saber disso, também.

Algo estranho de se dizer.

Kat lembrou-se do comentário que Ranger havia feito um pouco antes. Ele havia se referido à pessoa que estava carregando o rifle como "ela". Ranger havia chegado depois da avalanche. Como ele sabia que um deles era uma mulher e que ela estava carregando um rifle?

— Ontem?

— Como eu disse, é perigoso ficar aqui — Ranger olhou para o céu. — Não faço ideia por que o helicóptero não está aqui ainda, mas quanto mais tempo ficamos aqui, mais arriscamos nossas vidas. Quem quer que eles fossem, não há mais esperança de sobrevivência para eles.

— Eu reconheci um deles: Elke, que estava no bloqueio ontem. Ela estava com o marido dela. Eu até falei com eles por alguns minutos antes...da tragédia — um soluço lhe subiu à garganta.

— Uma tragédia — a voz de Ranger estava vazia de emoção.

Kat recontou a discussão sobre a mina.

— Eles mencionaram uma estrada que Batchelor queria construir. Você sabe alguma coisa sobre isso?

— Eles não querem que isso seja aprovado, embora seja para o benefício de todos. Eles fingem ser ambientalistas, mas não são. Eles cultivam maconha, e uma estrada aumentaria a possibilidade de eles serem pegos no flagra — ele deu uma olhada na direção da avalanche. — Acho que isso não vai acontecer agora.

Kat estremeceu. Ainda nenhum sinal da equipe de resgate.

— Você não pode chamá-los pelo rádio de novo? Onde eles estão?

Mesmo na remota possibilidade de que Elke e Fritz tivessem conseguido se antecipar agitando os braços à frente do rosto para criar um bolsão de ar, suas chances de sobrevivência eram nulas agora. Não que eles tivessem tido alguma chance. Ela se sentia culpada por não conseguir resgatá-los.

Ranger falou no rádio novamente e então dirigiu-se a ela:

— Eles ainda estão a dez minutos daqui atendendo a outro pedido de resgate.

Kat estava abatida. A ironia da estrada a atingiu em cheio.

— Suponho que uma estrada os teria ajudado nesse caso. Só que eles não sabiam disso.

Ranger concordou:

— Você não pode impedir o progresso.

Não era bem aquilo que Kat queria dizer, mas, de certa forma, Ranger estava certo.

6

Kat sentou-se de frente para a lareira no chalé, aquecendo as mãos trêmulas no vapor de uma xícara de café fresco. Afundou-se numa poltrona acolchoada, ainda se sentindo abalada pela avalanche.

Por pura sorte ela não havia sido soterrada sob duas toneladas de neve.

Mas o destino de Elke e Fritz foi muito pior. Será que eles teriam sobrevivido se o resgate tivesse chegado a tempo? Ela nunca saberia, e isso a atormentava. A equipe de resgate de fato chegou, mas mais de uma hora depois da avalanche.

— Você não deveria ter saído sozinha daquele jeito — Jace sentou-se na beirada da poltrona onde ela estava, colocando o braço sobre o ombro dela. — Tem sorte por ter escapado da avalanche.

Ela não se sentia sortuda.

Ranger estava de pé ao lado da lareira; fios de água escorriam de suas calças à prova d'água. Uma pequena poça se formara no piso de ardósia negra abaixo de seus pés. Dennis olhou por cima da mesa, onde estava sentado, cercado por cadernos, papeis e dois *notebooks*. Jace e Dennis haviam deixado o trabalho de lado desde o retorno de Kat e Ranger.

Dennis e Ranger trocaram um rápido olhar. Depois, ambos voltaram a atenção para Kat.

— Foi por pouco — ela estremeceu e perguntou-se por que Ranger não a havia alertado sobre a massa de neve instável. É verdade que ela havia se desviado alguns metros da trilha que ele havia indicado, mas, ainda assim...

— Mais alguns passos, e você não estaria aqui falando sobre isso — Ranger voltou-se para Dennis. — Talvez não seja uma boa ideia ela sair nessa época do ano.

Ranger e Kat haviam voltado para o chalé assim que a equipe de resgate encerrou as buscas na área da avalanche. Eles não fizeram muito além de observar a trajetória dos bastões de esqui e do rifle de Elke. Também fizeram perguntas sobre as marcas deixadas por moto-neves, mas nem Ranger nem ela puderam explicar.

A operação era classificada agora como esforço de recuperação, ao invés de uma busca ativa, já que estava claro que ninguém poderia ter sobrevivido. A liderança da equipe de resgate apontou o tempo transcorrido desde a ocorrência da avalanche e o risco à segurança da equipe.

Dennis balançou a cabeça positivamente:

— Com avalanches múltiplas, talvez seja melhor vocês ficarem perto do chalé.

Explorar a bela região não era mais uma opção. De qualquer forma, era apenas um fim de semana.

Na segurança do chalé, Kat teve tempo para pensar sobre o acidente. E se ela tivesse encontrado Elke apenas alguns metros à frente na trilha? Teria sido soterrada junto com eles. Estremeceu ao pensar nisso.

— É uma pena que eles tenham atravessado a encosta da forma como fizeram — disse Dennis, balançando a cabeça. — Imprudente, principalmente com as condições da neve por aqui. Eles sabiam bem disso.

Ranger concordou:

— O risco de avalanche é bem alto agora. O que eles estavam pensando?

Kat reviu o acidente. Ela estava na parte periférica do deslizamento, mas a neve a golpeou como um muro de tijolos.

— Elke e Fritz nem chegaram a ter uma chance — disse ela.

— Essas coisas frequentemente acontecem sem nenhum tipo de aviso — concordou Dennis. — Até mesmo habitantes da região como os Kimmel se enganam.

Kat dirigiu-se a Ranger:

— Você não mencionou que havia perigo — se Ranger estava tão preocupado, por que ele não havia mencionado sobre o risco de avalanche quando a deixou lá? Embora ele a tivesse orientado a seguir pela direção oposta, ela poderia facilmente ter cruzado a mesma encosta que Elke e Fritz e encontrar o mesmo destino que eles.

— Você não ficou onde eu falei para você ir. Além disso, não havia nenhum risco, até aquele momento — Ranger coçou o queixo. — E então, duas avalanches no mesmo dia. Eu nunca ia esperar isso.

Três avalanches, Kat pensou. Com certeza, a avalanche do dia anterior deveria ter indicado que havia perigo. O clima ainda instável era um provável fator. A tempestade de neve da última noite havia aumentado o risco ao depositar uma pesada camada de neve sobre a massa já existente.

A avalanche daquele dia havia matado duas pessoas, e havia ocorrido exatamente no mesmo ponto do dia anterior. Ranger fingiu estar surpreso, mas sua falta de emoção contradizia sua afirmação. Ele reagia como se o acidente tivesse sido um acontecimento corriqueiro. E deveria, no mínimo, tê-la alertado sobre o deslizamento anterior quando a deixou na trilha.

Tantas perguntas enchiam sua cabeça, perguntas para as quais não havia respostas satisfatórias. O comportamento de Ranger era muito estranho.

— A polícia vai nos interrogar?

Ranger a encarou como se ela fosse louca: — Foi um acidente.

— Mas duas pessoas morreram — isso com certeza era motivo suficiente para uma investigação, mesmo em um lugar tão remoto quanto aquele.

— Eu já cuidei das coisas — disse Ranger. — Informei a polícia sobre o acidente, assim como a equipe de resgate. Eles não poderão recuperar os corpos até que a primavera derreta a neve, de qualquer forma. É perigoso demais.

Com exceção de alguns poucos minutos após o retorno deles para o chalé, Ranger mal havia saído da vista de Kat. Ela não o vira fazendo uma ligação.

— Mas e quanto ao local do acidente? Com certeza eles devem ter ido dar uma olhada — Kat perguntou.

— É muito perigoso por enquanto. Poderia desencadear outro deslizamento. Eles já têm o nosso relato do acidente e isso não vai trazê-los de volta.

— Nosso relato? — Kat era uma testemunha de primeira mão, enquanto que Ranger não havia estado perto o suficiente para ver qualquer coisa além do resultado. — Eles não precisam falar diretamente comigo?

— Eu recontei os detalhes que você deu — Ranger fez uma pausa por um momento, e então acrescentou: — Eles vão entrar em contato com você depois.

— Mas quero falar com eles agora, enquanto as coisas ainda estão frescas na memória.

Nenhuma investigação enquanto as evidências estavam presentes. Com ou sem perigo, aquilo parecia investigação de baixa qualidade.

Kat olhou de relance para Dennis, tentando captar sua reação, mas ele havia enterrado a cabeça novamente em suas anotações. Ela se deu conta de que o trágico acidente representava algo positivo para ele, já que havia acabado com seus principais adversários. Seria coincidência, ou algo mais que isso?

— Eles eram moradores da região? — Jace franziu a testa. — Estou surpreso de que eles tenham sido pegos pelo deslizamento. Em meus dez anos trabalhando com equipes de busca e resgate, nunca vi uma coisa dessas. Normalmente, são turistas e trilheiros inexperientes, pessoas que não estão familiarizadas com a região.

— Os Kimmel estavam ficando velhos — disse Dennis. — Eles

fizeram uma má escolha. Foram imprudentes, ou pelo menos apenas esqueceram o quão perigosa a montanha pode ser.

O casal tinha quase setenta anos, mas tinha melhor condicionamento do que muitas pessoas vinte anos mais jovens. Kat achava que Elke deveria estar mais em forma do que ela. A idade não parecia um problema para nenhum dos dois, física ou mentalmente.

— Eles pareciam muito bem para mim — disse ela.

— Eles sempre viveram nessa região? — perguntou Jace.

Dennis balançou a cabeça positivamente:

— Os Kimmel imigraram da Alemanha há quarenta anos e viveram aqui desde então. Fritz trabalhou na mina perto daqui até se aposentar há alguns anos.

— A *Regal Gold Mine*? — Fritz não havia mencionado que trabalhara na mina, muito menos que havia se aposentado por ela. Mas por que ele mencionaria? A conversa que tiveram não durou mais que cinco minutos e era uma conversa entre estranhos.

— Essa mesma — disse Dennis. — Deixe-me adivinhar. Ele lhe falou sobre uma conspiração para envenenar os moradores da região.

Kat hesitou.

— Não exatamente, embora ele tenha acusado a mineradora de negligência. Ele também achava que você deveria desempenhar um papel mais ativo — respondeu Kat.

Um lampejo de reação passou rapidamente pelo rosto de Dennis. Mas durou apenas um segundo. Ele então se dirigiu a Ranger:

— Veja se podemos ajudar a família com os arranjos para o funeral.

— Vocês têm certeza absoluta de que não há nada que a equipe de busca e resgate possa fazer? Para pelo menos encontrar os corpos? — Kat não podia imaginar como isso seria para os familiares deles.

Ranger balançou a cabeça negativamente:

— Muito arriscado.

— Eles apenas foram considerados mortos? — Kat conhecia os riscos por causa do trabalho voluntário de Jace com busca e resgate, mas a rapidez da conclusão a surpreendeu. — Quero voltar lá. Alguém deveria.

Dennis balançou a cabeça.

— Isso não vai fazer diferença. Eles morreram e não podemos ajudá-los mais. Você está sofrendo da síndrome do sobrevivente. Deixe isso para trás — disse ele.

— E como posso fazer isso? Nós não podemos simplesmente deixá-los lá.

— Nós não vamos — disse Dennis. — Assim que o tempo esfriar novamente e as camadas de neve ficarem estáveis, vamos procurar por eles. Isso pode levar alguns dias ou algumas semanas.

Ou mais que isso, pensou Kat. Ele apenas queria que ela parasse de falar sobre o assunto.

— Pode parecer insensível, Kat, mas é muito perigoso para a equipe de resgate — Jace levantou-se e caminhou até a mesa. — Se eles não saem em minutos, não é mais uma operação de resgate. Não há esperança de sobrevivência. É perigoso demais para arriscar a vida de outras pessoas por isso.

— Jace está certo — disse Ranger. — Corremos o risco de desencadear outro deslizamento.

— Eu entendo, mas ainda assim é terrível — disse e Kat, e, dirigindo-se a Ranger: — Você os conhecia bem?

— Razoavelmente bem, eu acho. Isso não quer dizer que eu gostava muito deles. É uma tragédia sim, mas tenho que dizer: eles eram encrenqueiros.

— Por que diz isso? Eles pareciam legais — fora o fato de Elke apontar uma arma para ela.

— Concordo com Ranger. Eles nunca dariam o braço a torcer — disse Dennis. — O terreno deles é vizinho da mina, e tivemos uma série de desentendimentos com eles no passado. Eles tinham a tendência de agir primeiro e fazer perguntas depois. Mesmo assim, sinto muito por eles terem sido pegos pela avalanche. Eu não desejaria isso a ninguém.

— Que tipo de desentendimentos? — Kat queria saber mais.

— Apenas desentendimentos entre vizinhos. Nada que ainda tenha importância — Dennis dirigiu-se a Jace: — Hora de voltar ao trabalho. Temos uma história para escrever.

O fogo ardia na lareira, mas Kat sentiu um gelo no ar.

7
____

Uma hora depois e de volta à cabana em que estavam hospedados, Kat tirou as roupas molhadas e entrou no chuveiro. A água quente levou embora o frio, mas ela não conseguia apagar seus pensamentos sobre a tragédia. As vidas dos Kimmel haviam se extinguido em menos de um minuto. Seus protestos foram instantaneamente silenciados, suas vozes não seriam mais ouvidas. Estremeceu ao pensar nisso.

Elke e Fritz eram praticamente estranhos, mas ela sentia uma conexão com eles depois de testemunhar sua morte trágica. Lutou contra as lágrimas, embora se sentisse irracional por estar tão chateada por pessoas que não conhecia. Sua reação parecia ter relação com a experiência de proximidade com a morte que ela havia vivenciado. O acidente não havia incomodado muito Dennis ou Ranger, que atribuíram isso a uma força da natureza e prosseguiram com suas tarefas. Embora eles obviamente não gostassem do casal, Kat esperava mais emoção com relação aos vizinhos que conheciam há décadas. Se eles estivessem no local, também poderiam ter sido vítimas.

Como podiam ficar tão indiferentes?

Kat saiu do chuveiro para o piso de pedra aquecido e sentiu o conforto do calor sob os pés. Enquanto se enxugava, pensava como Dennis e Jace poderiam apenas continuar a trabalhar. Claro, Jace não estivera lá, ele não conhecia o casal, e não tinha escolha a não ser seguir as ordens de Dennis. Já para Dennis, a história era outra. Gostasse ou não deles, os Kimmel eram seus vizinhos, e o acidente havia acontecido perto dali. Sua indiferença a incomodava.

Kat colocou uma calça jeans e uma blusa de frio, e acendeu o fogo usando um pouco da lenha que havia sido colocada ao lado da lareira. Ela estava provavelmente tendo uma reação exagerada por causa do trauma de ter escapado por um triz. Afinal de contas, mal conhecia o casal. Mas sentia que algo estava errado. Embora ela não pudesse dizer exatamente o que era, não conseguia afastar a sensação de que algo importante estava lhe escapando.

Suas suspeitas aumentavam conforme atiçava o fogo. O acidente fatal dos Kimmel parecia uma feliz coincidência para seus inimigos. A julgar pelos comentários de Ranger e Dennis, os Kimmel eram a força propulsora por trás dos protestos contra a mineradora, e Elke Kimmel, a própria líder. Talvez não tivesse sido realmente um acidente.

Supondo que não tivesse sido um acidente, quem queria ver o casal morto?

Os proprietários da mina certamente se beneficiavam de sua morte. No entanto, como donos ausentes, eles não estavam nas imediações. Será que estariam indiretamente envolvidos?

A antipatia de Dennis pelo casal era óbvia, embora ele não tivesse dito isso com todas as palavras. Isso parecia bem estranho para Kat, já que tanto Dennis quanto o casal eram amantes da natureza e ativistas, o que lhes dava muita coisa em comum e deveria pelo menos gerar alguma simpatia. O comportamento de Ranger também era estranho, especialmente sua insistência para que as buscas fossem reduzidas.

Será que ela estava imaginando uma conspiração que não existia? Talvez, mas teorias da conspiração geralmente contêm algumas verdades. Talvez esse fosse o caso.

Ela havia formulado sua última teoria enquanto estava no banho. Quanto mais pensava sobre o assunto, mais ela se convencia de que a avalanche daquele dia havia sido algo mais sinistro do que um acidente. Ranger tinha os meios, a motivação e a oportunidade. Ele tinha uma grande antipatia pelos Kimmel e o momento e o local onde ele estava logo antes do acidente não haviam sido esclarecidos. Ele tinha uma motoneve, que poderia ter deixado aquelas marcas na encosta da montanha. Isso também explicava por que ele não estava muito inclinado a responder às perguntas dela.

Para o inferno com Ranger, a equipe de resgate e a polícia! Se eles não estavam dispostos a se mexer e investigar, ela faria isso. Não se tratava de um dos seus casos de investigação de fraudes, mas tinha os elementos básicos: meios, motivação e oportunidade.

Quer dizer, se fosse mesmo um crime. Mas, em vista de todas as circunstâncias, como poderia não ser?

Kat repassou mentalmente todos os eventos. Por onde começar? Revirou a bolsa e tirou um bloco de notas e um lápis. Já que estava presa na cabana sem nada melhor para fazer, faria algumas anotações enquanto os detalhes ainda estavam frescos na memória. Isso poderia vir a ser útil quando a polícia resolvesse falar com ela.

Começou anotando os comentários de Dennis e sua reação. Ela colocou um ponto de interrogação ao lado da relação dele com os Kimmel; exploraria isso de forma mais detalhada depois.

Sem dúvida, Ranger e Dennis não tinham grande apreço por eles. Haveria outros? Os demais ativistas seriam uma boa fonte de informações; Kat precisava falar com eles sem que Dennis ou Ranger ficassem sabendo.

Concentrou-se nas marcas deixadas pela motoneve, já que era provável que elas tivessem desencadeado a avalanche ao desestabilizar as camadas mais frágeis de neve. Os padrões irregulares do clima nas últimas semanas eram um fator, já que o constante congelamento e descongelamento da neve, assim como a chuva de granizo em combinação com as temperaturas mais altas dos últimos dias, haviam fragilizado a massa de neve que tinha deslizado.

Até mesmo ela sabia disso por causa de suas caminhadas na neve. Era o básico sobre avalanches.

Camadas de neve acumulam-se a cada nevada, e algumas são mais pesadas que outras. A espessura e a densidade dependem da umidade e da duração da nevada. Mudanças de temperatura dão origem a um ciclo de aquecimento e resfriamento, derretimento e novo congelamento. Em dias mais quentes, como aquele dia, algumas camadas derretem mais do que outras. O quanto elas derretem depende da localização, como, por exemplo, se elas recebem sol direto ou não. Um dia quente acompanhado de derretimento é o suficiente para deixar a aderência das camadas mais frágil, desencadeando um deslizamento. As camadas mais novas, que ainda não aderiram às mais antigas, são particularmente suscetíveis a deslizamentos.

Era óbvio, ao olhar para a encosta da montanha, que ela estava suscetível a avalanches, visto a inclinação dos dois picos da montanha, que formavam um vale no meio do declive. Avalanches anteriores haviam removido as árvores daquela parte da montanha, uma cicatriz que indicava qual era o caminho de menor resistência para futuros deslizamentos.

A equipe de resgate, Ranger e Dennis conheciam os impactos do clima e o histórico de avalanches daquela região em particular. Era de se supor que os Kimmel e os moradores locais também conheciam. Embora o risco fosse do conhecimento de todos, apenas a Mãe Natureza sabia o local e o momento exato de uma futura avalanche. O local de um deslizamento podia até ser previsto, mas o momento exato, nunca.

Tudo isso apontava para um trágico acidente, ao invés de um crime sinistro.

Exceto pelo fato de que a avalanche havia ocorrido pela manhã, antes de o sol aquecer a encosta da montanha. A neve ainda não havia derretido, pois a temperatura estava baixa e a encosta ainda estava na sombra. As avalanches quase sempre ocorrem à tarde, depois que o sol aquece a neve instável.

Talvez a Mãe Natureza tenha tido alguma ajuda.

Kat mais uma vez procurou recordar-se das marcas de motoneve que ela havia notado logo antes do deslizamento. Será que uma motoneve havia desencadeado as forças da natureza? Sabendo da instabilidade da massa de neve, teria alguém desencadeado o deslizamento propositalmente?

Ela escreveu "motoneve" e colocou como observação conferir quem mais tinha um veículo desses. Em uma área habitada de forma tão esparsa, era provável que havia poucas motoneves. Entretanto, era provável que todos os habitantes tinham acesso a uma, como proprietários ou por meio de empréstimo. Isso diminuía muito pouco a quantidade de suspeitos.

Mas nem todo mundo tinha a oportunidade de desencadear o deslizamento. Somente aqueles que já estavam na montanha ou nos arredores tinham os meios para fazer isso. Quem mais estava por perto na montanha?

Ranger, para começar.

Mas ela não viu nem ouviu uma motoneve antes do deslizamento. Ela sem dúvida teria ouvido o motor se ele tivesse cruzado a encosta bem acima dela.

A menos que as marcas tenham sido deixadas mais cedo. Lembrou-se dos comentários de Ranger sobre um deslizamento que havia ocorrido um dia antes. As marcas de motoneve podiam ter sido deixadas no dia anterior. Embora elas pudessem ser facilmente vistas de baixo, o perigo depois do deslizamento daquele dia significava que ninguém as havia inspecionado. As marcas poderiam não estar frescas.

A motoneve poderia ter desencadeado a avalanche do dia anterior, a primeira e menor. A massa de neve, agora mais frágil, estava pronta para um segundo deslizamento. Colocar uma reação em cadeia em movimento depois de um intervalo de vinte e quatro horas parecia um exagero, mas isso acontecia o tempo todo.

Mudanças de temperatura e o ciclo resultante de congelamento e derretimento criam camadas instáveis de neve. Uma camada de gelo derretido é muito mais pesada do que uma camada de neve em flocos. O que aconteceu foi que a camada que se depositou por último ficou muito mais pesada do que a camada de baixo, e não teve tempo suficiente à noite para aderir a ela. Acrescente-se a isso uma encosta instável devido a um deslizamento recente e você tem uma receita para um desastre.

Exceto pelo fato de que os últimos dias haviam sido muito frios, e uma outra tempestade estava prevista para aquela noite.

Um dos outros ativistas poderia ter um motivo para ferir os Kimmel. Kat poderia facilmente descobrir isso: bastava ir até o bloqueio na estrada e fazer algumas perguntas. A maioria teria um álibi, já que eles poderiam confirmar a presença uns dos outros no bloqueio.

Para começo de conversa, alguém do grupo poderia saber a razão pela qual Elke e Fritz estavam na encosta. De acordo com Ranger, eles normalmente passavam o dia no bloqueio de protesto. Mas aquele dia foi diferente, pois eles estavam voltando da estrada, indo para casa, embora ainda fosse de manhã. Era cedo demais para eles terem dado o dia por encerrado. Teria sido uma infeliz coincidência, ou alguém ou alguma coisa teria feito eles mudarem sua rotina?

Aquilo levantava uma outra questão: em vista do conhecimento que os Kimmel tinham do terreno, por que eles haviam escolhido aquele caminho? Por que eles não haviam tomado a estrada ou uma trilha mais segura?

Por outro lado, se a avalanche tivesse sido intencionalmente desencadeada, era quase impossível cronometrá-la para acontecer exatamente no minuto em que os Kimmel estivessem na encosta. O culpado deveria estar presente no momento exato do desastre.

A maioria das avalanches é desencadeada por alguma coisa ou alguém. Os Kimmel estavam muito abaixo na montanha para que eles próprios tivessem causado o deslizamento, que havia começado muito acima deles, no pico da montanha. Mas ela não havia notado nenhuma outra pessoa por perto, nem visto rastros. Isso não significava que não havia ninguém, já que ela não havia caminhado pela área toda. Provavelmente, havia outras trilhas que levavam ao pico e que ela não tinha visto. Kat colocou uma observação para lembrar de verificar todos os pontos de acesso.

Seja lá o que tivesse acontecido, alguém estivera lá, e esse alguém não poderia evitar de deixar rastros na neve, fossem essas marcas de motoneve ou mesmo pegadas. A neve preservaria esses rastros, ao menos temporariamente até a próxima nevada. Procurar por elas agora era imprescindível.

Kat discordava completamente dos comentários de Ranger sobre ser perigoso demais voltar. Um terço da encosta havia desabado. Simplesmente não havia sobrado neve suficiente para formar uma nova avalanche. Aquele era, na verdade, o momento perfeito, antes que a próxima tempestade de neve ocultasse os rastros.

Seus pensamentos voltaram ao momento em que Ranger acusou os ativistas de fora da cidade de bloquear a trilha com árvores derrubadas. Quem eram eles e o que eles queriam exatamente? Ele havia sido bastante vago.

A única forma de descobrir era localizar essas pessoas e falar com elas, mas Kat não deveria sair da propriedade por causa da área da avalanche. Ela não sabia os nomes dessas pessoas, nem tinha o contato delas; portanto, não havia outra maneira além de ir até elas. Mais um motivo para sair em uma missão de exploração.

Uma coisa era certa: ela não podia esperar mais, era muito arriscado cair outra nevada que apagaria as provas. Dennis e Ranger podiam sugerir que ela não voltasse para a montanha, mas não podiam dizer a ela o que fazer. Eles também não poderiam interferir se ela mantivesse seus planos em segredo.

Dennis e Jace estavam ocupados escrevendo e, se Ranger a questionasse, ela diria que estava apenas indo dar uma volta pela propriedade. Kat tinha a oportunidade perfeita de verificar as coisas por si mesma. Enquanto ela fosse cuidadosa, tudo daria certo.

Conferiu o relógio: eram duas horas. Kat tinha pelo menos umas duas horas antes do anoitecer; era tempo suficiente para que ela chegasse à encosta se saísse naquele exato momento. Colocou a câmera na bolsa e calçou as botas. Talvez ninguém mais pensasse que havia razão para o que ela estava fazendo, mas para ela havia. De fato, ela tinha todo o direito de exigir uma investigação, já que a vida dela havia corrido risco. Era óbvio que, para Ranger e Dennis, o caso estava encerrado e, caso ela acreditasse em Ranger, também estava encerrado para a equipe de resgate. Kat não sabia se ou quando a polícia iria investigar, mas ela tinha um pressentimento de que isso nunca iria acontecer. A única forma de não deixar nas mãos do acaso era ela mesma investigar.

Se ninguém mais iria investigar, ela iria.

8

Kat caminhou rapidamente ao longo da trilha que levava ao chalé, mas evitando o caminho pavimentado para que ninguém que estivesse lá dentro percebesse sua presença. O caminho que ela tinha que seguir ficava diretamente na linha de visão de alguém que olhasse pela janela do escritório de Dennis. Desde que ninguém olhasse pela janela nos próximos minutos, ela poderia continuar sem ser notada. Kat suspirou aliviada quando alcançou o lado oposto do caminho.

O *Land Cruiser* de Ranger não estava no local onde costumava ficar estacionado, ao lado da entrada principal – um golpe inesperado de sorte. Na hipótese improvável de que alguém a havia visto, ela diria que estava dando uma volta ao longo do perímetro cercado da propriedade. A parte da caminhada era verdade, mas seu percurso a levaria para fora da propriedade, até o local da avalanche.

Kat estava agora além da linha de visão do escritório de Dennis, mas ainda era visível a partir das outras janelas do chalé, caso alguém decidisse olhar para fora. Menos de 30 metros adiante, havia um barranco que permitiria que ela ficasse fora da vista das janelas do térreo do chalé. Ninguém a veria sair, desde que Ranger não voltasse antes que ela estivesse a salvo de sua vista.

Esse pensamento a fez parar. Ela provavelmente não deveria voltar para a área da avalanche sem avisar pelo menos alguém, particularmente Jace. Por outro lado, ela não o poderia interromper porque havia decidido sair para uma caminhada. Falar com ele em pessoa implicaria em Dennis e Ranger também ficarem sabendo da sua missão de averiguação, o que seria no mínimo embaraçoso. Sem sinal de celular, ela não podia ligar para ele. A cabana sequer tinha um telefone.

Mesmo que Kat falasse com Jace a sós, ele insistiria para ela ficar por questões de segurança. Ela não concordaria, pois tinha certeza de que a avalanche não fora um acidente. O problema é que ela não tinha nenhuma prova, e ela precisava justamente ir até o local para encontrar essa prova.

Kat cogitou deixar um bilhete, mas decidiu que era melhor não fazer isso, pois apenas serviria para preocupar Jace; ela sabia bem cuidar de si mesma. Falaria para ele depois, quando estivesse de volta em segurança na cabana, tendo em mãos as provas que descobriria, seja lá quais fossem.

Jace havia confiado na avaliação de Dennis e Ranger, que ela considerou exageradas. E ela era a única pessoa que tinha presenciado tudo em primeira mão. Dennis não havia visto nada, e Ranger só havia aparecido depois do ocorrido. Ela era perfeitamente capaz de avaliar zonas de perigo, assim como se manter a salvo de riscos. Já havia feito isso mais cedo naquele dia.

Kat planejava tirar fotos da encosta e dos rastros de motoneve, preservando, assim, as evidências antes que elas desaparecessem para sempre. A equipe de resgate, Ranger e os outros consideravam a morte dos Kimmel um acidente trágico, mas a opinião de Kat era diferente. A falta de vontade deles de investigar mais um pouco pareceu bem estranha para ela na melhor das hipóteses, e, na pior, bem suspeita. Conhecer as causas é importante para evitar tragédias futuras, então, por que não averiguar? Ou eles eram preguiçosos e negligentes, ou tinham outras razões para não examinar mais a fundo, e Kat suspeitava que a última hipótese era a verdadeira. De qualquer forma, continuava a achar que não havia sido um acidente aleatório, o que significava que ela tinha que preservar as evidências antes que elas fossem apagadas pela nevada que cairia à noite.

Os rastros da motoneve não seriam suficientes para levá-la até o piloto, mas eles certamente estreitariam o campo de possibilidades. Os rastros poderiam inclusive indicar uma marca e um modelo específicos. Kat não sabia muito sobre motoneves para ter certeza disso, mas especialistas poderiam identificar a marca e o modelo a partir de uma fotografia. Era provável que houvesse outras evidências em cena que apenas seriam visíveis da parte mais alta da encosta. Kat gostaria de não ser a pessoa a investigar, mas alguém tinha que fazer isso. Era tarde demais para ajudar os Kimmel, mas não para determinar o que havia acontecido e evitar outra tragédia.

Ela observou o céu e viu que o sol havia desaparecido atrás das nuvens escuras que se aproximavam, vindas do Norte. As nuvens estavam baixas e próximas, e eram do tipo que trazia neve. A tempestade poderia cair mais cedo do que o previsto.

A previsão do tempo era de nevasca de até 30 centímetros nas áreas mais baixas. O acúmulo poderia ser o dobro disso na região montanhosa mais elevada. Aquela era a última oportunidade que ela teria de ver os rastros antes que eles ficassem completamente ocultos sob a neve.

Kat provavelmente tinha cerca de uma hora antes do início da nevasca, coincidentemente o mesmo tempo de que ela precisava para chegar ao topo da encosta. O caminho até o pico a pé era mais curto do que a volta que Ranger havia dado com ela de motoneve, e ela se perguntou por que ele não a havia levado por aquele caminho da primeira vez. Além de ser mais seguro lá em cima, a vista de lá devia ser incrível. Ela agora sabia em que direção devia seguir, graças à trilha que havia feito mais cedo e ao seu percurso atual. Várias trilhas por perto levavam à mesma direção, e ela optou pela mais próxima da estrada pela qual eles haviam chegado no dia anterior.

Kat deu um tapinha em sua câmera, determinada a tirar a maior quantidade de fotografias possível dos rastros. Planejava tirar fotos do cume e de como ficara a encosta abaixo, depois do deslizamento. Em seguida, enviaria as fotos para especialistas em avalanches que não eram da região – e que, portanto, não seriam tendenciosos – para pedir uma segunda opinião. Jace, levando-se em consideração sua experiência com operações de resgate, poderia fazer algumas observações iniciais. Os dois tinham muitos contatos em Vancouver e em outros lugares a quem podiam recorrer.

De qualquer modo, ela não tinha tempo a perder. Conferiu o relógio. Já eram mais de duas da tarde e uma volta a pé ficaria perigosamente próxima do entardecer. Com esperanças de que a neve aguentasse até lá, Kat apertou o passo e se manteve perto das árvores para não ser notada.

Arrependeu-se de não deixar um bilhete para Jace, mas agora era tarde demais. Dar a meia volta não apenas a atrasaria, mas também era um risco, pois ela podia ser vista. Se Ranger ou Dennis ficassem sabendo de sua investigação, eles sem dúvida a impediriam. O tempo era fundamental para que Kat conseguisse voltar antes de a tempestade cair.

Alcançou a cerca; era uma barreira de postes de madeira e arame farpado que se estendia por todo o perímetro da propriedade. Curvando-se, passou por entre dois postes, tomando cuidado para não enroscar suas roupas nos arames. Parou do outro lado, ainda em dúvida sobre ir sem avisar ninguém. Kat não conhecia a região e ainda estava abalada com a avalanche. E se acontecesse outro deslizamento e ela fosse pega sozinha? Ninguém sequer saberia que ela estava lá.

Se tivesse sido um acidente, não havia nada para ver e nenhum motivo para voltar. As chances de a avalanche ter sido intencionalmente desencadeada eram extremamente pequenas e não valiam o risco.

Mesmo assim.

Se o deslizamento tivesse sido premeditado, era uma forma praticamente infalível de livrar-se da culpa. Kat recordou-se dos detalhes do acidente. Os Kimmel eram porta-vozes da comunidade, embora parecesse que todos haviam se mudado dali. Nem todo mundo, ela se deu conta. Kat havia falado apenas com Dennis, Ranger, e meia dúzia de moradores que faziam parte da equipe de resgate. Ela não havia falado com ninguém do grupo de ativistas, que eram justamente as pessoas com quem ela precisava falar. Essas pessoas conheciam os Kimmel e tinham melhores condições para preservar qualquer evidência.

Seus pensamentos iam de um lado a outro enquanto ela caminhava com dificuldade pela neve. A estrada ficava a alguns metros da trilha, perto do entroncamento onde os ativistas haviam feito o bloqueio. Pode ser que eles já tivessem verificado o local da avalanche por si mesmos. Se fosse esse o caso, sua caminhada seria totalmente desnecessária. Kat estava cansada de especular – uma conversa com eles poderia ser um começo melhor.

O bloqueio ficava na mesma direção da encosta da montanha, mas muito mais perto, a cerca de vinte minutos a pé, no máximo. Ela poderia estar de volta na cabana em uma ou duas horas, enquanto ainda houvesse luz do dia e antes de Jace terminar seu trabalho com Dennis. Seria muito fácil falar com ele sobre sua aventura depois que ela já tivesse concluído sua missão. Dessa forma, ele não ficaria preocupado com a segurança dela.

Talvez os ativistas compartilhassem das mesmas suspeitas que ela. Seus pontos de vista sem dúvida diferiam do de Dennis e Ranger, dois homens que de forma alguma representavam os moradores da região. Talvez eles fornecessem mais informações que poderiam lhe servir de base sobre os Kimmel, assim como sobre o histórico de avalanches na encosta daquela montanha. Os amigos do casal provavelmente iriam gostar de ouvir o relato em primeira-mão de Kat, já que ela foi testemunha e sobrevivente. Falar com os ativistas era uma forma de obter informações e tirar conclusões.

Kat caminhou com dificuldade até atingir um caminho que se estendia paralelamente. Minutos depois, sua trilha parou no local das árvores derrubadas. Ela reconheceu o mesmo caminho que fizera com Ranger mais cedo naquele dia, e parou para observar de forma mais cuidadosa a barreira que Ranger havia atribuído ao grupo de ativistas que não era formado por moradores. Pelo menos duas dúzias de troncos estavam empilhados, com uma altura de cerca de um metro e meio, e a trilha fazia uma descida brusca, cercada por densos arbustos. Quem quer que tivesse colocado aqueles troncos ali precisaria ter usado máquinas para cortar árvores. Cada árvore tinha pelo menos um metro de diâmetro e exibia marcas recentes de motosserra. Os ativistas estavam bem equipados.

Kat lembrou-se da trilha que havia feito antes. Os Kimmel foram forçados a atravessar o caminho da avalanche na encosta justamente por causa dessa barreira. Sua única escolha tinha sido fazer a volta, indo pela trilha e pela estrada, caminho que era ao menos duas vezes mais longo.

De acordo com Ranger, os Kimmel marcavam presença no bloqueio quase todos os dias, indo embora sempre no mesmo horário, todas as tardes. Qualquer um que quisesse vê-los mortos precisava simplesmente esperar a hora certa para dar o bote.

Kat interrompeu seus pensamentos. Ela havia encontrado os Kimmel no meio da manhã, e não no horário em que eles normalmente iam embora. Por que eles haviam mudado sua rotina? Eles ainda estariam vivos se tivessem ido para casa no horário de sempre, e talvez os demais ativistas tivessem uma ideia do motivo por trás de sua partida repentina.

Kat avançou pela trilha com dificuldade e, vinte minutos depois, alcançou a estrada, a menos de quinze metros do bloqueio. Havia um barril onde uma fogueira estava acesa, mas ela não viu nenhum manifestante. Seu coração congelou: não lhe havia ocorrido que eles poderiam ter ido embora mais cedo ao ouvirem sobre os acontecimentos.

Ao se aproximar, percebeu que havia uma dúzia de placas de protesto cuidadosamente organizadas sobre uma caminhonete. Havia alguém por ali, afinal.

Um homem grisalho e de barba, que deveria ter cerca de setenta anos, aproximou-se dela. Vestia uma jaqueta de esqui velha com a insígnia da *Regal Gold Mine* e um distintivo no qual estava escrito "Ed".

— Você veio do chalé.

Kat assentiu. Num lugar pequeno como aquele, provavelmente

todos sabiam que ela era convidada de Dennis, embora ela não soubesse nada sobre eles. De qualquer forma, ela se apresentou:

— Meu nome é Kat. Posso falar com você sobre os Kimmel? Eu estava lá quando tudo aconteceu.

Ele estreitou os olhos e disse:

— Parece que você se saiu bem.

Kat observou, com alívio, que ele não estava armado.

— Tive muita sorte. Embora não esteja me sentindo muito sortuda. Eu estou aqui, mas eles não — ela sentiu um nó na garganta. — Pareceu mais do que apenas um acidente. Vi rastros de motoneve no topo da montanha.

O homem ficou em silêncio.

— Por que os Kimmel saíram do bloqueio no meio da manhã? Eles normalmente não ficavam o dia todo?

— Parece que você sabe bastante sobre eles. Foi Ranger quem te contou?

Ela balançou a cabeça:

— Não. Na verdade, ele sequer falaria sobre eles comigo. Desconfio que eles não tinham uma relação amigável.

— Você está certa — ele deu uma olhada para trás, na direção do barril com a fogueira. — Eu voltaria agora mesmo para o chalé se fosse você. Uma tempestade vem por aí, e você não vai querer que ela a pegue do lado de fora.

Ed estava sendo educado, mas obviamente não confiava nela.

— Sobre esses rastros de motoneve. Tenho certeza de elas desencadearam a avalanche. Talvez ela tenha sido planejada, e Elke e Fritz eram o alvo. Eles tinham inimigos, alguém que queria machucá-los?

— É melhor você cuidar da sua vida. Isso não é da sua conta.

— É da conta de quem, exatamente? Ninguém parece se importar — a morte do casal parecia algo insignificante para Dennis e Ranger, mas com certeza Ed e os outros ativistas deveriam se importar. Eles também podiam ser alvos.

— E você se importa?

— Eu os vi logo antes de eles serem enterrados pela avalanche. Eu também podia ter morrido. Quem quer que tenha feito isso deve ser desmascarado.

— Você falou com eles?

Aquilo havia surtido algum efeito, finalmente.

— Elke e Fritz falaram comigo sobre o outro grupo de ativistas — ela contou para ele sobre o bloqueio na trilha. — Não posso deixar de pensar que alguém os forçou a seguirem por aquele caminho. Eles estavam lá porque seu caminho rotineiro estava fechado.

— Eu acredito em protestos pacíficos. Elke e Fritz também acreditavam. O outro grupo de ativistas não concordam, dizem que as coisas não estão sendo rápidas o bastante. Eles são do tipo de ativistas profissionais que só se preocupam com dinheiro e em vender uma história para os noticiários. O que eles querem é o tipo de protesto que agrada às massas. Eles não vivem aqui; eles sequer falam conosco. Eles até renomearam alguns dos lugares da nossa região.

— Eles não podem simplesmente fazer isso.

— Mas fazem, com suas cartilhas de *marketing* fajutas. A montanha está sendo reinventada, com nomes como *Raven Spirit Ridge* e *Great Bear Forest*. Agora mais gente ouve esses nomes do que os nomes verdadeiros. Eles vão nos sufocar até ninguém mais saber os verdadeiros nomes, nossa verdadeira história.

"Eles também querem nos tirar daqui. Quanto a mim, estive aqui minha vida toda. Meu bisavô se estabeleceu aqui. Nós abrimos a mata no vale, fundamos Paradise Peaks. Agora eles dizem que estamos destruindo a natureza. Não fizemos droga nenhuma de diferente do que sempre fizemos; vivemos aqui, e fomos os primeiros.

"Eles são o problema, fazendo uma publicidade que não queremos, atraindo esses tipos engomadinhos com seus carros híbridos e garrafas de água aromatizada".

Kat assentiu e deixou que ele falasse.

— Não há nada que possamos fazer sobre isso — continuou ele. — Não restaram muitos de nós, e estamos cansados de lutar anos a fio. Muita gente já foi embora para procurar emprego depois que a mina fechou, e todo mundo já está farto dessa água ruim."

Ed e os manifestantes eram as vítimas, não os opressores.

— E eles ainda querem construir uma nova estrada? — perguntou Kat.

— Sim. Dennis falou que patrocinaria as obras, já que uma nova estrada traria mais segurança. Ele diz que a única forma de financiar uma limpeza nessa bagunça é trazer os dólares dos turistas, fazer daqui um local de peregrinação dos amantes da natureza. Bem, nós não concordamos. Não vamos nos intimidar e aceitar essa droga de asfalto quando uma estrada de terra é suficiente. Não queremos mais ver esses salvadores da floresta. Só queremos viver nossa vida em paz.

Não era de surpreender que eles desprezavam Batchelor. Ele havia feito uma espécie de aliança com os ativistas de fora para atingir seus próprios objetivos. Ele era um valentão tentando empurrar a ideia de comércio goela abaixo numa proposta de "é pegar ou largar", o que tinha funcionado a maior parte do tempo. Quase todo mundo havia ido embora, exceto por alguns aposentados teimosos.

— Você vai embora algum dia?

Ed balançou a cabeça negativamente:

— Eles terão que me carregar daqui. A maioria de nós cresceu aqui, construiu suas famílias e se aposentou aqui. Elke e Fritz sentiam o mesmo.

Alguém sabia que eles apenas iriam embora dali num caixão, não num caminhão de mudança. E alguém tomou as providências para que assim fosse.

— Essa estrada, até onde ela vai levar?

— Da base da montanha até o cume.

— Quando você diz "cume" quer dizer até o platô, onde fica o chalé de Dennis Batchelor?

Ele assentiu.

O que uma mina abandonada, água insalubre e avalanches fatais tinham em comum? Elas davam um fim às pessoas, de um jeito ou de outro. Uma nova estrada traria mais pessoas, mas pessoas diferentes dos atuais moradores. Kat entendia a frustração dos ativistas, já que suas únicas alternativas eram ceder ou ir embora. Quem podia viver sem água potável?

Batchelor com certeza estava envolvido, e ela pretendia descobrir exatamente que tipo de envolvimento era esse.

— Você ainda não me disse por que os Kimmel deixaram a manifestação mais cedo esta manhã.

— Foi uma emergência em casa com a filha deles. Ela vive com eles.

— Qual era a emergência? — perguntou Kat, ansiosa.

— Eles não falaram. Foi Ranger quem trouxe a mensagem; não temos sinal de celular aqui em cima.

Ranger ter recebido uma mensagem de emergência parecia algo improvável. Ele estava com ela na motoneve até uma hora antes do acidente e, durante aquele tempo, não houve nenhuma comunicação pelo rádio. Os ativistas também tinham comunicação por rádio, então, por que eles não tinham avisado o casal ao invés de Ranger? Uma mensagem legítima com certeza teria sido diretamente comunicada a eles. Confiar uma mensagem pessoal a Ranger para que ele retransmitisse a pessoas que o desprezavam parecia uma estranha escolha.

Ranger sabia do motivo pelo qual os Kimmel estavam na montanha, mas não havia mencionado nada disso no local do acidente, nem depois. E, o mais importante: a mensagem que ele havia comunicado era a única razão pela qual o casal estava na encosta naquele momento. Essa omissão era bastante reveladora, o que a fez suspeitar que ele estava de alguma fora envolvido. A tragédia parecia cada vez menos ter sido um acidente.

                                   9
                           ____

Ed Lavine havia vivido todos os seus cinquenta e sete anos
em Paradise Peaks. Ele não se lembrava de nenhuma
avalanche com o mesmo tamanho e escala daquela que Kat
havia lhe descrito. Ou de tantas avalanches em um intervalo tão curto
de tempo.

— Nós já vimos deslizamentos menores naquela encosta, mas
nada assim — ele franziu a testa. — O caminho normal de Elke e
Fritz nunca cruzava o pico. Mas com a trilha bloqueada e a emergência da filha, eles não tiveram escolha.

Kat sentiu um alívio ao perceber que, finalmente, alguém mais
concordava que as circunstâncias que envolviam a morte dos Kimmel
eram suspeitas. Ter ido até o bloqueio tinha valido a pena no fim das
contas.

— Quando foi que Ranger lhes entregou a mensagem sobre a
filha deles?

— Acho que foi no meio da manhã, alguma hora entre dez e onze.
Não conferi a hora — respondeu ele, colocando uma tampa de metal
sobre o barril, apagando o fogo que ainda restava. — Agora, pense
nisto: ele podia ter dado uma carona a Elke e Fritz, já que ele estava

indo na mesma direção que eles. Mas, em vez disso, caiu fora às pressas como se estivesse pegando fogo.

— Uma carona cairia bem numa emergência — concordou Kat.

Ranger a havia deixado em torno das dez da manhã. Se a memória de Ed estava certa, Ranger tinha se dirigido para o bloqueio quase imediatamente depois de a ter deixado na trilha. Ele provavelmente tinha chegado lá uns dez minutos depois, o que deixava um intervalo de tempo pequeno para ele receber a notícia e levá-la para os Kimmel.

O fato de os Kimmel estarem adiante dela na trilha a incomodava. É verdade que ela havia percorrido a trilha ao redor do lago várias vezes, mas isso devia ter levado cerca de vinte minutos, no máximo. O bloqueio ficava a pelo menos meia hora de caminhada do lugar da avalanche. De alguma forma, o tempo parecia não estar batendo.

— Que tipo de emergência?

— Uma discussão lá para os lados da floresta, nas imediações da propriedade dos Kimmel. Ouviram tiros perto de onde Helen, a filha deles, estava.

— Você quer dizer, de propósito? — atiradores, além de avalanches? Paradise Peaks era muito mais perigoso do que seu nome sugeria.

Ed confirmou com um movimento de cabeça.

— Ranger pensou, de início, que tinha sido um caçador descuidado, mas Helen disse a ele que foram dois caras do outro grupo de ativistas. Eles foram em direção à casa, com as armas na mão.

— Você falou com Helen sobre isso?

— Eu não, mas alguns amigos de Elke estão agora com ela. A propriedade deles é meio afastada; só dá para acessar a pé. Ranger deve ter ouvido pelo rádio.

Não era surpresa os Kimmel terem pego o atalho. Isso também explicava por que Elke empunhava uma arma.

— Vocês não têm um rádio aqui em cima? — perguntou Kat.

— A maioria de nós tem, mas ninguém ouviu nada sobre isso.

Nem os tiros nem o rádio.

— Mas Ranger ficou sabendo das duas coisas. Com certeza, há muitas armas por aqui.

— Aqui é um lugar isolado. Todo cuidado é pouco — os olhos de Ed se estreitaram. — Ainda bem que Helen estava armada. Ela atirou de volta.

— Mas você não ouviu nenhum tiro? — o bloqueio, a propriedade dos Kimmel e a encosta localizavam-se todos dentro de um raio de cerca de três quilômetros quadrados. O lugar era calmo, não havia nada além das árvores para abafar o som dos tiros. Por que Ed não ouvira nada?

— Você está certa, eu devia tê-los ouvido. O som viaja por quilômetros aqui.

— Uma coisa eu ainda não entendo. Tanto vocês como o outro grupo estão protestando contra o vazamento dos contaminantes, vocês não são inimigos. Eles não são ambientalistas como vocês?

Ed balançou a cabeça negativamente.

— Essa é uma palavra do povo da cidade — disse ele.

— Hã?

— O que vocês chamam de ambientalistas. Proteger a natureza é algo normal para nós. Não precisamos de uma palavra especial para isso. Quando o pessoal da cidade veio e deu um nome a isso, sabíamos que teríamos problemas. Eles falam sobre proteger o meio ambiente enquanto dirigem suas vans movidas a litros de gasolina e vivem seu estilo de vida esbanjador.

"Nós vivemos aqui e eles não, e isso tem um motivo. Nós só queremos nossa água potável de volta. Eles dizem que salvam o meio ambiente, mas estão apenas nos usando como publicidade para conseguirem doações. Eles até mesmo renomearam as coisas. O nome *Great Bear Forest* veio direto da máquina publicitária deles. Logo eles vão estar mudando os mapas, também."

Ed ergueu a tampa do barril. O fogo estava completamente apagado.

— Havia muitos deles por aqui no verão, mas agora não há muitos — continuou ele. — Eles fazem as coisas à noite, nós não os vemos.

— Coisas como a trilha bloqueada? — a trilha que havia impedido Kat e Ranger de prosseguirem mais cedo e que também havia impedido os Kimmel de pegar seu caminho usual para casa. Sua única escolha tinha sido atravessar a encosta.

Ed concordou.

— As coisas estão ficando fora de controle — disse ele.

— O que aconteceu a Helen?

— Hã? Ah, nada. Os homens desapareceram assim que ela atirou — Ed tirou as chaves do bolso e seguiu em direção à caminhonete. Só então Kat notou que havia uma motoneve na traseira da caminhonete. — Acho que vou até o pico dar uma olhada por mim mesmo.

— Você poderia tirar fotos?

Ele pareceu confuso.

— Podemos enviá-las a especialistas e pedir que eles refaçam o caminho do deslizamento para descobrir o que o desencadeou — Kat tirou do bolso um cartão de visitas. — Tire muitas fotos e mande-as para mim — isso havia sido um golpe de sorte, embora ela não estivesse totalmente certa de que ele confiava nela.

Ele se virou para a caminhonete e abriu a porta da carroceria.

— Espere. Como faço para chegar à mina? —Kat sacudiu levemente os ombros para tirar a neve que havia se acumulado, enquanto ouvia as instruções de Ed.

— Por que você quer ir para lá? Está fechada — os olhos de Ed estreitaram-se.

— Quero vê-la por mim mesma, principalmente o tanque de rejeitos – já que Ed estaria conferindo a encosta e os rastros de motoneve, Kat tinha ganhado mais tempo. Mesmo fazendo um desvio para a *Regal Gold Mine*, ela conseguiria voltar para a cabana muito antes de Jace. A mina ficava em algum lugar por perto, embora ela não soubesse exatamente onde. — Como faço para chegar lá?

— Siga direto em frente por cerca de um quilômetro e meio até a bifurcação na estrada — ele apontou para a estrada, na direção do chalé. — Ao invés de virar à esquerda, para a casa de Batchelor, vire à direita. Estou surpreso por você ainda não a ter visto, fica bem do lado do terreno dele. Será apenas um pequeno desvio do seu caminho de volta.

Dennis obviamente não queria que Kat visse a mina, o que explicava a carona de mais de uma hora na motoneve com Ranger, quando ela poderia ter chegado ao mesmo destino em uma hora de caminhada. Havia sido uma volta para impedir que ela visse a mina, pois, se não fosse por isso, ela poderia querer conferir. Essa constatação apenas aumentou a vontade de Kat de explorar o local. Agora era a oportunidade perfeita para ir dar uma olhada na mina sem ninguém a incomodar.

Ela agradeceu a Ed e partiu. A luz do entardecer dera lugar a um cinzento pálido. As árvores enfileiradas ao lado da estrada lançavam sombras sinistras sobre a superfície coberta pela neve. Kat tremeu, perguntando-se onde os outros ativistas estariam.

Dez minutos depois, chegou à encruzilhada, e a cerca marcando os limites da propriedade de Batchelor confirmou que ela estava no lugar certo.

O desejo de Batchelor de construir uma estrada era quase que certamente alimentado por algo que ia além da boa vontade. Construir uma estrada significava que ele não estava disposto a sair de lá. Mas será que ele se contentaria em viver indefinidamente à base de água engarrafada? Bilionários não eram exatamente do tipo que se importa, e Batchelor não era diferente. Mas alguma coisa não se encaixava.

10

____

Kat subiu a estrada com dificuldade conforme a neve caía sobre ela e cobria a estrada como uma cobertura de bolo, enquanto as copas das árvores pareciam salpicadas de açúcar. Estava rodeada de um reino de contos de fadas; parecia impossível que, um pouco mais à frente, havia uma mina tóxica. O Natal nunca tinha sido assim em Vancouver.

A estrada serpenteava em torno da montanha conforme Kat subia, e as nuvens baixas escureciam o platô, tornando a visibilidade mais limitada quanto mais a estrada se aproximava do cume. Kat parou para retirar o acúmulo de neve nas solas das suas botas, dando pisadas no chão, lembrando-se de que Ranger não lhe havia explicado porque os ativistas culpavam Batchelor pelo desastre na mina. Elke também não havia dado detalhes sobre isso. Batchelor com certeza não era considerado responsável simplesmente por ele ser quem ele era. Devia haver algo mais nessa história, e a proposta de Batchelor de construir uma estrada provavelmente tinha alguma coisa a ver com isso.

Fritz mencionara a estrada. A insinuação de Ranger de que os Kimmel cultivavam maconha e se preocupavam com a possibilidade de a estrada interferir em suas atividades ilícitas parecia ridícula.

Embora qualquer um pudesse cultivar maconha, ela duvidava muito que o casal idoso estivesse envolvido com drogas. Fazendas de maconha são negócios tipicamente conduzidos por jovens.

Kat voltou sua atenção para a mina novamente quando atingiu o retorno. Havia escolhido a bifurcação à direita, de acordo com as instruções de Ed. A trilha seguia ao lado de um curso d'água, que devia ser o Riacho dos Garimpeiros, a fonte de água potável da região e o local que, infelizmente, recebera a contaminação vinda do tanque de rejeitos.

Apesar do nome, o Riacho dos Garimpeiros parecia mais um rio do que um riacho. Como tudo naquela região escarpada, ele era maior do que seria de se esperar. O riacho era amplo demais para congelar totalmente, fluindo livremente até mesmo no inverno, sendo impossível de atravessar até mesmo pelos trilheiros mais determinados.

Uma cerca delimitava a fronteira na margem oposta do riacho, o que era praticamente desnecessário, já que o riacho por si formava uma barreira natural. Kat se deu conta de que aquela cerca era da propriedade de Batchelor. Prosseguiu a subida ao longo do riacho, mas não viu qualquer sinal da mina. A densa cobertura de árvores oferecia abrigo e o tapete de neve deu lugar a terra e raízes. Não havia possibilidade de avalanches por ali.

A escuridão da floresta obrigava uma desaceleração na marcha. A terra de neve dos sonhos de momentos antes havia se transformado em um cenário assustador de um conto dos irmãos Grimm. Kat imaginou olhos invisíveis a observá-la, ainda que isso fosse ridículo. Ela apenas não estava acostumada àquele silêncio e àquela solidão, o que a impedia de admirar a beleza natural ao seu redor – isso era, de fato, uma consequência triste da vida em seu mundo sempre conectado e cheio de atividades. Foi preciso um desastre natural para que ela chegasse a pensar duas vezes nisso.

Kat caminhou por mais trinta minutos e quase decidiu voltar quando viu outra cerca perpendicular ao rio, cruzando sobre ele. Uma placa pequena e quase apagada que indicava que o acesso era proibido estava presa à cerca e delimitava a fronteira mais baixa da propriedade da mina.

Kat escalou a cerca e seguiu o riacho. Minutos depois, saiu da floresta para um descampado. Cerca de uma dúzia de metros à frente havia uma construção arruinada de madeira e, ao lado desta, um estacionamento, onde uma caminhonete modelo Ford F150, já surrada pelo tempo, estava estacionada. Kat averiguou o local e identificou a entrada da mina no lado mais distante da propriedade. Numa placa gasta colocada acima da entrada do galpão lia-se: *Regal Gold Mine*. Marcas frescas de pneu na neve indicavam a chegada recente da caminhonete.

Além da F150, o local estava vazio, o que confirmava o que Fritz havia dito sobre a mina estar desativada. A caminhonete devia pertencer a um guarda.

Àquela luz fraca do fim do dia, era impossível distinguir alguém dentro da cabine da caminhonete; por isso, Kat preferiu ficar na floresta e observar se percebia algum sinal de vida. Quando teve certeza de que não havia ninguém por perto, avançou lentamente em direção aos fundos do galpão, mantendo-se fora da vista de alguém que estivesse no estacionamento.

Observou atentamente a área por vários minutos antes de se aproximar do galpão, ansiosa para dar uma olhada mais de perto. O tanque de rejeitos devia estar em algum lugar perto dali. Kat alcançou com dificuldade o galpão no momento em que um segundo veículo entrou no estacionamento. Ela se agachou atrás da construção.

A porta do segundo veículo se abriu e bateu forte ao fechar-se. Era impossível enxergar qualquer coisa de onde ela estava escondida, por isso, teria que contar apenas com os ouvidos. Passos esmagavam a neve conforme se aproximavam.

— Resolvemos o problema.

Kat prendeu a respiração ao reconhecer a voz de Ranger.

— Aparentemente — respondeu um homem que Kat não conseguiu identificar. — Você deixou as coisas meio óbvias. Todos eles estão falando.

Quem seriam eles? Será que o "problema" era a avalanche? Ela não sabia de nenhum outro problema que os moradores da região tinham. Avançou alguns centímetros e espiou por detrás do galpão, tentando identificar o segundo homem, mas conseguiu ver apenas suas costas conforme ele entrava no galpão. Será que ele estava na caminhonete estacionada quando ela chegou? Será que ele a tinha visto? Provavelmente não, ou ele teria mencionado isso a Ranger.

O galpão parecia um grande barracão de obras ou uma oficina, onde, provavelmente os equipamentos eram guardados. Ou era um anexo ou a operação toda era bem pequena. Kat havia esperado algo mais substancial.

O vislumbre momentâneo que ela conseguiu ter das costas do estranho não havia sido suficiente para dar uma ideia da sua altura, já que a ampla soleira da porta tinha cerca de quatro metros. A pesada jaqueta de inverno que ele usava dificultava adivinhar seu tamanho. Em resumo, ela não poderia identificá-lo sem olhar mais de perto. Presumiu que Ranger já estivesse lá dentro, já que ela não o podia ver.

Que droga.

Ela não conseguia ouvir uma palavra que viesse de lá de dentro. Pensou em se aproximar para tentar ouvir a conversa deles. Não. Seria arriscado demais. O que ela estava fazendo lá, afinal? Mais importante que isso, o que Ranger estava fazendo lá?

Por outro lado, independentemente do que eles estavam falando, não era da conta dela.

Ou talvez fosse.

Fritz e Elke falaram da sua preocupação com relação à mina, que julgavam culpada pela contaminação da água potável, logo antes de sua morte repentina.

Batchelor havia alegado que um cano quebrado era a causa para a falta de água no chalé. Com certeza, o chalé dele captava a água da mesma fonte contaminada de onde vinha a água dos Kimmel. Se isso era verdade, Batchelor havia mentido. Entretanto, mentir sobre o motivo de a água estar imprópria para consumo não fazia dele o culpado. Era compreensível ele não querer contar aos seus convidados que a água da região era tóxica, já que isso não causava uma boa impressão para um ambientalista famoso e gerava uma série de perguntas. Perguntas que ele evitava ao máximo.

Kat avançou mais alguns centímetros, ficando rente à lateral da construção. Embora permanecesse escondida, conseguia ver o estacionamento, e conseguiria ver as costas dos homens assim que eles saíssem. Isto é, desde que eles voltassem aos seus veículos estacionados no lado oposto do estacionamento.

Supondo que a mina era o problema, por que os Kimmel direcionavam sua revolta a Batchelor, e não apenas à *Regal Gold*? Será que eles sabiam de algo que ela não sabia?

Kat deu um pulo quando sons de tiro soaram, vindo de algum lugar a Oeste, na direção da extremidade oposta da propriedade. Seu coração disparou; nunca devia ter ido para lá.

Recuou para trás do galpão e prendeu a respiração, esperando que os dois homens saíssem agitados a qualquer momento.

Eles não saíram. Ou tiros eram coisa comum por lá ou eles já esperavam ouvi-los. Provavelmente havia caçadores por perto, e a despreocupação de Ranger e do outro homem parecia confirmar essa suposição. Independentemente disso, Kat não tinha nada a ver com aquilo e devia ir embora enquanto ainda podia.

Justamente no momento em que ela fez menção de ir embora, as vozes dos homens ficaram mais altas. Kat ficou parada, escondida, e respirou fundo.

A porta abriu-se de uma vez, e ela pôde ouvir o som dos pés deles esmagando a neve conforme cruzavam o estacionamento. Discutiam sobre alguma coisa, mas a distância era grande demais para que Kat os pudesse ouvir. Ela tentou se aproximar um pouco, cuidadosamente. Mesmo um fragmento da conversa podia ajudá-la a entender o que eles estavam fazendo.

Eles ergueram a voz.

— Fazer eles calarem a boca é uma medida temporária, Burt. Você tem que dar um jeito nesse problema de uma vez por todas. Se o chefe ficar sabendo, ele me mata — Ranger caminhou furiosamente até seu *Land Cruiser*.

Calar a boca de quem? Ed e os outros ativistas? Quem o ou que precisava de um jeito era um mistério.

Ranger abriu a porta do carro e voltou-se para o estranho chamado Burt:

— Dê um jeito nessa maldita água ou você vai ser o próximo.

Era realmente sobre a água que eles estavam falando. Teria o misterioso Burt alguma coisa a ver com a morte dos Kimmel? Se Burt seria o próximo, como Ranger havia dado a entender, quem tinham sido os primeiros? Os Kimmel?

— Vou ver o que posso fazer — disse o homem chamado Burt, e Kat finalmente conseguiu vê-lo.

Ele tinha uns quarenta anos, era baixo, mas corpulento, tinha rosto corado e barba ruiva e rala. Usava uma toca e segurava um cigarro numa mão e uma arma na outra. Por que essas pessoas estavam sempre com armas de fogo?

Era o mesmo homem que havia discutido com Ranger no dia anterior.

Ambos finalmente foram embora. Kat esperou mais dez minutos, até o som dos veículos desaparecer completamente e só se aventurou pelo pátio quando teve certeza de que não havia mais ninguém por perto.

A mina estava obviamente abandonada. Ervas daninhas, agora mortas por causa da geada, haviam crescido por entre os equipamentos. Supondo-se que as plantas haviam crescido durante o verão, sua presença indicava muitos meses de inatividade. Kat poderia confirmar os fatos mais tarde, na cabana. Por enquanto, ela concentrou-se em explorar a propriedade, já que essa podia ser sua única oportunidade de ficar sozinha sem ser perturbada.

A porta da garagem estava travada com um ferrolho, mas o cadeado estava destrancado. Kat removeu-o e empurrou a porta. Ao entrar, não viu muito mais que equipamentos enferrujados, e ficou surpresa com o fato de a mina ter funcionado até há pouco tempo, já que os equipamentos pareciam muito antigos, desgastados e estavam enferrujados.

No entanto, a *Regal Gold Mine* havia funcionado até recentemente, até o tanque de rejeitos romper há cerca de dois anos. Não era de surpreender que uma empresa que poluía a água e se recusava a limpá-la não se preocuparia em gastar dinheiro com equipamentos decentes. Qualquer dinheiro poupado significava lucro para a empresa.

Não havia nada para ver ali.

Kat virou-se para deixar o lugar e parou, observando suas próprias pegadas. Dúzias de caixas de madeira estavam empilhadas sobre pallets, apoiadas na parede ao lado da porta de entrada. Ela havia caminhado entre elas sem se dar conta.

As caixas pareciam um acréscimo recente, já que não estavam empoeiradas. Aproximou-se e viu escrito em letras vermelhas: *Explosivos Powershot, fornecendo suprimentos para mineração, extração de pedras e construções desde 1959.*

Dinamite.

Embora a dinamite fosse utilizada em atividades de mineração, essa mina estava desativada há dois anos. A embalagem parecia nova. Constava nas caixas o peso e a data de fabricação, e a maioria das datas era de há menos de um ano, o que era estranho para uma mina inativa com equipamentos enferrujados e empoeirados. Ou o galpão era usado para armazenamento ou alguém tinha novos planos para a mina. Por algum motivo, Kat duvidava da primeira opção. Sem dúvida, dinamite e outros suprimentos estavam entre as últimas coisas a serem compradas antes de se reativar uma mina.

Como lugares para armazenar era algo que áreas rurais como aquela tinham de sobra, alguém havia escondido intencionalmente seu estoque ali. Embora aquela região fosse um lugar remoto, armazenar centenas de quilos de dinamite em um lugar destrancado parecia completamente negligente. Um fósforo ou um cigarro descartado de forma descuidada poderiam explodir o lugar todo. Crianças, adolescentes, qualquer um poderia entrar ali. Kat tremeu só de pensar nisso, enquanto tirava algumas fotos com sua câmera.

Saiu do galpão e caminhou até a extremidade do estacionamento, procurando pelo tanque de rejeitos. Logo encontrou a fonte do problema. Pelo nome, Kat esperava que o tanque de rejeitos fosse um tanque de fato, mas ele parecia mais um pequeno lago, com pelo menos um quilômetro de diâmetro. Margens altas e artificias circundavam a água, mas uma área grande havia desabado. Não era difícil entender o motivo, em vista do nível alto e do grande volume de água que ameaçava romper o que ainda restava da barreira.

A propriedade dos Kimmel ficava logo abaixo do local onde estava a mina e, caso tudo aquilo rompesse, sofreria o impacto direto. O Riacho dos Garimpeiros transbordaria facilmente com o súbito aumento de volume. A propriedade de Batchelor também corria risco, mas em menor gravidade.

O tanque de rejeitos continha os resíduos contaminantes resultantes do processo de extração realizado na mina, o que incluía, entre outras coisas, as substâncias químicas utilizadas e o minério que restava depois que o cobre e o ouro eram extraídos. Se planejado de forma adequada, o tanque seria capaz de conter os resíduos por anos, ultrapassando a vida útil da mina, a menos que ficasse fisicamente comprometido. Aquele tanque havia sido um fracasso.

Teria levado anos de funcionamento até que o nível de rejeitos chegasse no nível em que estava agora, o que dava à administração da mineradora tempo de sobra para aumentar o tamanho das barragens ou construir outro tanque antes que aquele atingisse a capacidade máxima. No entanto, ao invés disso, eles decidiram economizar e maximizar os lucros. Se o nível de água do tanque tivesse sido observado, o desastre ambiental que estava diante de Kat teria sido totalmente evitado.

Uma corrente d'água meio congelada escoava do tanque por meio da parede de retenção ruída, formando um redemoinho escuro que corria diretamente para dentro do Riacho dos Garimpeiros. Kat aproximou-se para ver mais de perto. Peixes mortos e meio apodrecidos, ainda um pouco preservados pelo gelo, empilhavam-se sobre as margens do riacho. Ela ficou pasma diante daquela cena, e virou-se para ir embora.

Mesmo se um trabalho de recuperação caro fosse realizado, levaria anos para a água voltar a ser potável. No entanto, a limpeza não havia sequer começado. Será que havia outra razão para que isso não acontecesse? Faça as pessoas se sentirem frustradas por tempo suficiente e elas venderão suas propriedades e irão embora. Fosse qual fosse a razão, era tempo demais para se virar sem água potável.

Aquela era a luta perfeita para o velho ambientalista. Era perto de sua casa, envolvia a água e o meio ambiente de uma região intocada. Por que Batchelor não soou o alarme? Ou por que ao menos não se juntou aos Kimmel? Ao invés disso, ele os encarava como adversários. Não fazia sentido.

Kat pegou a câmera e tirou mais algumas fotos para mostrar a Jace.

— Não se mexa — a voz do homem era suave, mas firme. Galhos estalaram sob seus pés e ele surgiu da floresta. — Guarde isso. Não é permitido tirar fotos aqui.

Kat virou-se e viu um homem idoso; seus olhos azuis estavam voltados para ela, assim como a arma.

Ele usava um boné gasto com um trevo de quatro folhas estampado na frente. Vestia uma jaqueta azul que devia ter décadas de existência e ficava folgada sobre seu corpo franzino; as mangas ficavam vários centímetros mais curtas nos braços. O homem era velho, tinha pelo menos setenta anos, e seu braço tremia enquanto ele apontava o rifle diretamente para Kat. O menor movimento poderia fazer a arma disparar.

Kat ergueu as mãos lentamente.

— Não atire. Sou apenas uma turista dando uma volta — seu coração acelerou. Além de Ed, que era basicamente um estranho, ninguém mais sabia que ela estava ali.

— Não, não é. Não temos turistas por aqui. Quem é você de verdade?

Kat disse seu nome.

— Estou hospedada no chalé de Batchelor — de onde tinha surgido aquele homem? Os únicos carros na clareira eram os carros de Ranger e Burt, que já não estavam mais lá. Ela estava sozinha com aquele homem que segurava uma arma apontada para ela.

— Isso é verdade? — ele a observou com suspeita.

Kat encarou-o de volta. Isso não era da conta dele. Se ela ficasse firme, ele certamente a deixaria em paz. Que motivo ele teria para não fazer isso?

Ele não se moveu e seus olhos estreitaram-se; ambos ficaram encarando um ao outro.

Kat estava ficando impaciente. As pessoas daquela região não eram muito amigáveis.

— Sim, é verdade. Ligue para ele e ele vai confirmar. Você pode abaixar essa arma, por favor?

— Se você apagar as fotos que tirou, talvez eu pense no seu caso.

— E por que eu deveria? São apenas fotos da paisagem — não era bem verdade, já que ela havia tirado algumas fotos dentro do galpão. — Não estou fazendo nada ilegal.

Ele pareceu um pouco em dúvida e então abaixou a arma.

— Digamos que eu lhe dê o benefício da dúvida. O que você está realmente fazendo aqui?

— Apenas saí para fazer uma trilha. Fiquei sabendo que havia uma antiga mina de ouro aqui e decidi vir dar uma olhada por mim mesma. É muito interessante. Gosto dessas coisas antigas.

Os ombros do homem pareceram relaxar um pouco.

— Bem, é melhor você ir embora. Sou o vigia da propriedade e não é permitido a ninguém vir até aqui. É invasão de propriedade.

— Isso é estranho, porque eu não era a única pessoa aqui. Dois homens acabaram de ir embora. Eles estavam naquele galpão — Kat apontou para o galpão. O homem parecia idoso demais para aguentar uma luta. Só que, mais uma vez, ele tinha uma arma. Onde ele estava enquanto Ranger e o outro homem estavam ali?

— Hã? — sua expressão era indecifrável.

— Ranger e outro homem que não reconheci — Kat esperou para observar a reação dele.

— Ranger? — a expressão do homem ficou sombria. — Ele não tem o direito de vir até aqui. Acho bom eu ter uma conversa com Batchelor sobre isso. Quero que as coisas fiquem sossegadas para amanhã.

— O que haverá amanhã?

— Os ativistas estão organizando uma manifestação pacífica aqui na mina.

Ed não havia mencionado isso. Será que eles ainda fariam o protesto, mesmo sem Elke e Fritz?

— E você vai permitir?

Os cantos da boca do homem se ergueram num leve sorriso. Seria um sorriso malicioso? Kat não conseguiu distinguir.

O fato de o vigia patrulhar a propriedade não significava que ele compartilhava dos pontos de vista da empresa. Empregos em pequenas cidades são coisa difícil de conseguir. Repentinamente lhe ocorreu que ele podia ser um dos ativistas também. É bem fácil escolher um lado quando se trata da água que você bebe.

Será que ele sabia sobre o acidente dos Kimmel naquela manhã? Kat chegou a cogitar perguntar a ele, mas decidiu não fazer isso. Com certeza ele os conhecia. Todos conheciam todos por ali. Se ele não tinha ouvido sobre o acidente ainda, ela não era a pessoa certa para lhe contar. Ele saberia em breve.

— Você poderia me fazer um favor? — Kat perguntou. — Não mencione que me viu aqui. As pessoas são meio sensíveis sobre esse lugar.

— E eu não sei disso? — disse o homem.

— Esqueci de perguntar seu nome — disse Kat. Talvez ele pudesse fornecer algumas informações sobre o contexto da controvérsia sobre a água.

— É verdade, você esqueceu — ele fez um movimento com a cabeça indicando a trilha. — Agora, se quiser ficar com suas fotos, é melhor você ir, antes que eu mude de ideia.

Kat não precisou ouvir isso duas vezes. Ela já havia visto armas demais para um dia.

11

______

Kat andou o mais rápido que sua ousadia permitia, mas não se atreveu a correr. Sentiu como se um alvo brilhasse em suas costas conforme ela se afastou, embora estivesse provavelmente imaginando isso. Tomou o caminho mais curto até a trilha, em direção à segurança da cobertura da floresta. Duvidava que o vigia fosse de fato atirar, mas não estava disposta a testar sua sorte. Já havia feito isso naquele dia.

Suspirou aliviada quando alcançou o limite da lareira. O homem provavelmente não ia atirar, já que um tiro atrairia atenção indesejada; por outro lado, as armas eram tão comuns por ali que ninguém daria muita atenção.

Para complicar as coisas, ninguém além de Ed sabia que ela estava na mina. Sem testemunhas, o vigia não poderia ser acusado de assassinato. É claro que aquele seria o pior cenário possível, mas ela havia invadido a propriedade e dado um motivo para ele atirar. Teriam os tiros misteriosos sido disparados por ele? E, mais importante, as balas teriam atingido o alvo?

Após percorrer três metros na trilha, Kat estava a salvo na floresta. Deu uma olhada para trás e ficou aliviada ao perceber que não era mais possível ver o estacionamento. O vigia também não conseguiria vê-la. Kat acelerou o passo, avançando tão rápido quanto as raízes e os galhos sob seus pés permitiam, ansiosa para se afastar ao máximo do vigia.

Se é que ele realmente era um vigia.

Ele não havia se identificado, e Kat simplesmente supôs isso porque ele estava vigiando a mina. Ele não vestia uniforme, embora fosse possível que vigias em áreas afastadas se vestissem de forma casual; vigias, em qualquer lugar, normalmente possuem insígnias, mesmo algo simples, como uma logo em um boné, e era improvável que usassem roupas folgadas e desgastadas. Sem falar que, normalmente, eles costumam ter menos de setenta anos.

Nada disso importava agora que ela estava a uma distância segura da mina. Em menos de uma hora, estaria de volta à cabana, o que era ótimo, já que o entardecer estava bem próximo. A floresta estava estranhamente silenciosa e era difícil enxergar a trilha em alguns pontos. Kat havia esquecido quão rápido a noite costuma cair no inverno.

Vários minutos depois, Kat saiu em outra trilha que se separava cerca de noventa graus da trilha por onde ela tinha seguido. Com base na direção, parecia uma rota mais direta de volta ao chalé, e Kat refletiu por um momento se deveria escolher o caminho certo e mais longo, ou apostar na sorte pegando o atalho.

Por fim, acabou escolhendo o atalho. A neve caía mais pesada agora que a temperatura estava mais baixa, e já estava mais escuro do que momentos antes, restando provavelmente apenas uns quinze minutos de luz do dia. A pouca luz que ainda restava não conseguia se infiltrar pelas copas das árvores, e Kat mal conseguia enxergar além de alguns metros à sua frente. Correr não era mais uma opção; mesmo uma caminhada rápida era difícil. Fazia sentido procurar o caminho mais rápido até a estrada, já que ela não conhecia a região, e era quase certo que a segunda trilha seguia para lá, considerando-se a direção. Sempre havia a possibilidade de dar a meia volta e retomar a trilha original assim que atingisse a estrada.

Apesar do matagal denso, alguns centímetros de neve já haviam se acumulado no chão. Kat caminhava rapidamente, e o silêncio à volta era interrompido somente pelo som dos flocos de neve sobre os quais ela pisava. Se fosse em outra situação, ela teria gostado da tranquilidade, mas, naquele momento, tudo estava bem inquietante.

Em menos de dez minutos, ela viu uma abertura. O desvio havia sido uma boa ideia: Kat havia encurtado consideravelmente seu caminho até a estrada. Saiu da trilha e pisou na estrada com alívio. Embora houvesse alguns centímetros a mais de neve na estrada do que havia na trilha, era muito mais fácil caminhar no asfalto do que num solo irregular com pedras e raízes emaranhadas.

Kat havia caminhado na estrada por menos de um minuto quando algo a fez parar repentinamente.

A cerca de cem metros à frente, estavam Ranger e Burt, o homem que ela vira com Ranger na mina. Eles transferiam caixas do *Land Cruiser* de Ranger para a F150 de Burt.

Kat arrastou-se para os arbustos, temendo que eles tivessem notado sua presença.

Não havia com o que se preocupar, pois os homens prosseguiram, indiferentes à sua presença. Kat avançou alguns centímetros, pronta para abaixar-se num instante.

Seu coração quase lhe saiu pela boca quando ela notou que aquelas eram as caixas de explosivos que estavam armazenadas no galpão. Explosivos eram bons para uma coisa apenas: explodir coisas. Burt deve ter carregado sua caminhonete no estacionamento da mina antes de ela chegar. Ela estremeceu ao pensar que por pouco não havia sido descoberta.

O vigia tinha ficado surpreso com a presença de Burt e Ranger na mina, mas ele podia estar mentindo. Afinal, ele não teve dificuldade para notá-la. Mas por que ele teria mentido para ela, uma forasteira desconhecida?

Será o que vigia também estava envolvido no esquema? Isso explicaria sua prontidão em apontar uma arma para ela. Por outro lado, seu descontentamento ao ouvir o nome de Ranger indicava o contrário.

Kat escondeu-se na floresta, a menos de três metros do acostamento, onde os dois homens discutiam. A neve deixava os sons mais abafados, e Kat se sentia grata por tudo estar quieto e não haver movimentação na estrada. As vozes deles ecoavam com mais facilidade. Se ela se aproximasse, eles a notariam.

— Essa é a sua última chance — Ranger pegou as últimas duas caixas do seu carro e entregou ao outro homem. — É melhor você conseguir fazer isso direito dessa vez.

O outro homem grunhiu, pegando as caixas e colocando-as na traseira da caminhonete.

— Estou falando sério, Burt. Não se atrase dessa vez e tenha certeza de que não há ninguém por perto. Não queremos nenhuma atenção indesejada. Ser desleixado daquele jeito faz as pessoas acharem estranho.

Estranho como? Fingir que uma avalanche foi um acidente quando, na verdade, foi desencadeada propositalmente? Kat pegou o celular do bolso e tirou uma foto de Ranger e Burt carregando as caixas.

— É, eu sei. Eu nunca a vi por aqui — disse Burt, limpando as mãos na jaqueta e subindo em sua caminhonete. Baixou a janela e curvou-se para fora. — Amanhã eu te ligo quando estiver tudo pronto.

Era uma pena ela ter perdido o início da conversa.

— Encontre-me aqui amanhã ao meio-dia.

— Certo, mas desde que não haja atrasos ou imprevistos.

— Droga, Burt. Você me assegurou de que não vai haver complicações. Faça direito dessa vez, sem desculpas. Não posso mais proteger você, então faça as coisas acontecerem. — Ranger virou-se e voltou para seu carro.

A caminhonete de Burt saiu subitamente, indo na direção onde Kat estava. Ela mergulhou nos arbustos para evitar ser notada.

O *Land Cruiser* de Ranger foi pela mesma direção menos de um minuto depois.

Kat esperou até que os dois veículos desaparecessem completamente, só saindo do seu esconderijo quando teve certeza de que eles haviam ido embora. Conforme voltava para a estrada, ela se deu conta: a testemunha à qual Ranger se referiu devia ser ela. Ela havia testemunhado a avalanche naquela manhã.

Todo esse tempo ela esteve obcecada pelos rastros de motoneve, mas pelo motivo errado. A motoneve era definitivamente um fator, mas agora ela suspeitava de que havia sido usada para transportar a dinamite e a pessoa que desencadeou tudo. A explosão que havia dado início à avalanche era fruto de atividade humana. Seria Burt? Talvez ele e Ranger tivessem se encontrado antes do acidente, o que explicava o motivo de Ranger ter se atrasado para encontrá-la.

Grandes flocos de neve rodopiavam à sua volta conforme ela apertava o passo. Sua minúscula lanterna de cabeça iluminava apenas alguns metros à sua frente, limitando bastante seu avanço. Kat mal conseguia enxergar. A tempestade havia se materializado do nada em questão de minutos.

Kat estremeceu e percebeu que estava atrasada. Jace já devia ter terminado sua sessão com Dennis, e encontraria a cabana vazia ao voltar. Considerando que já era quase noite, ele ficaria extremamente preocupado com ela. Sem sinal de celular, ela não tinha como entrar em contato com ele.

A tempestade tinha ficado mais pesada, tornando-se uma nevasca. Não havia mais como conferir o deslizamento no dia seguinte. Kat apenas esperava que Ed tivesse cumprido sua promessa e tirado fotos dos rastros de motoneve antes que as provas fossem apagadas para sempre. Agora estava escuro como breu e Kat estava cansada e com frio. Ela tirou os flocos de neve que se prendiam aos seus cílios e maçãs do rosto.

Seus pensamentos voltarem-se para o momento da avalanche. Os comentários de Ranger apenas confirmavam seu envolvimento. E ainda havia a dinamite. Independentemente de quais fossem os planos deles, alguém tinha que os impedir. Não havia muito tempo, considerando-se que a ideia deles é que tudo estivesse concluído antes do meio-dia do dia seguinte. Infelizmente, Kat não fazia ideia de onde aconteceria; ela apenas sabia que eles planejavam explodir alguma coisa em algum momento antes daquele horário combinado.

O tempo era essencial se ela quisesse impedi-los.

Ranger e Burt provavelmente tinham como alvo a manifestação planejada para ser realizada na mina. Pondo em perspectiva, era óbvio, já que todos os ativistas estariam lá. Os homens poderiam facilmente montar uma armadilha naquele local retirado.

Exceto pelo fato de que Ranger e Burt não haviam levado explosivos para a mina, mas as haviam tirado de lá, o que implicava que a sabotagem deles iria ocorrer em outro lugar. Como a mina estava desativada há alguns anos, os ativistas não tinham motivo para explodi-la. Na verdade, isso colocaria em risco outro vazamento no tanque de rejeitos. Eles simplesmente não tinham motivo para danificar ainda mais o lugar que havia causado seus problemas, para começo de conversa.

Mas Kat tinha quase certeza de que eles eram os alvos da sabotagem do dia seguinte. Qualquer investigação apontaria diretamente para seus detratores, incluindo Ranger. Diferente da avalanche, isso não poderia ser disfarçado de acidente; a menos, é claro, que Ranger e Burt tivessem planejado algo nesse sentido.

Se não seria no local da mina, onde seria? No bloqueio? Os ativistas teriam que se encontrar antes do protesto, e o bloqueio era o local lógico. Mas o bloqueio era simplesmente um ponto na estrada. Além de explodir a estrada que levava para a propriedade de Batchelor, os explosivos seriam facilmente encontrados.

Kat voltou sua atenção para a mina, já que esse ainda era o lugar mais lógico. Era certeza que os manifestantes estariam lá, em algum ponto, e o fato de o local ser retirado facilitava montar uma armadilhava. Eles seriam presa fácil; no entanto, a sabotagem seria óbvia. Havia formas mais fáceis de assassinar sem ser descoberto.

A menos que os homens fizessem parecer que os próprios manifestantes tivessem causado o estrago.

A morte dos Kimmel havia sido planejada para parecer uma avalanche, um acidente. O segundo ataque seria planejado e elaborado de forma semelhante.

Kat teve sua resposta num instante, ao recordar-se de que Ranger e Burt deviam ter tirado alguns explosivos do galpão para incriminar os ativistas. Eles só precisavam plantar provas nas casas de um ou mais deles. Um carregamento de explosivos iria sugerir que eles haviam orquestrado a explosão da mina. Era difícil argumentar contra provas físicas.

Se Ranger e Burt detonassem os explosivos perto do local onde os ativistas iam se reunir, tudo indicaria que os próprios ativistas teriam causado um terrível acidente ao tentarem explodir a mina inadvertidamente. Embora parecesse exagerada, essa hipótese sem dúvida era plausível.

Kat estava tão absorvida em seus pensamentos que só notou a cerca de Batchelor delimitando a propriedade quando estava a poucos metros dela. Suspirou aliviada; finalmente poderia abrigar-se do frio. Apertou o passo e seguiu a cerca até a entrada de veículos.

A escuridão que, antes, havia sido um obstáculo era agora uma vantagem. Kat atravessou o pátio abaixo da elevação para evitar ser notada. Teve dificuldade para atravessar o caminho pavimentado, que se encontrava completamente coberto por uma grossa camada de neve. Atravessou a colina em uma diagonal e sorriu ao ver o chalé. As luzes do lado de fora emitiam um brilho acolhedor sobre as construções e o pavimento, e a neve reluzia.

Ficou surpresa ao ver um helicóptero pousado na parte mais distante do asfalto. Só então percebeu que a área quadrada e separada do estacionamento era, na verdade, um heliponto. Pilotar um helicóptero naquele clima não era tarefa fácil.

Batchelor obviamente tinha mais convidados, e era estranho ele não ter mencionado nada. Além disso, em vista da localização remota do chalé, visitas inesperadas não devia ser algo comum. Por conta do tempo, eles deviam ter chegado horas antes, logo depois de ela ter saído.

Kat apressou-se em direção à cabana, ansiosa para fazer um resumo das suas descobertas a Jace e saber mais sobre os convidados inesperados. Batchelor era cheio de surpresas. Como ela tinha descoberto, nem todas eram boas.

12

Kat tirou as luvas e procurou as chaves no bolso. Embora tivesse usado luvas o tempo todo, seus dedos estavam dormentes por causa do frio e ela teve que se esforçar para colocar a chave na fechadura. Abriu, finalmente. Bateu os pés para tirar a neve acumulada na sola das botas.

Ela só conseguia pensar em tomar um banho e dormir. Sentiu o calor quando abriu a porta.

— Jace?

— Onde você estava? — Jace veio em sua direção, o rosto vermelho de raiva. — Eu estava prestes a chamar ajuda.

Que bela recepção; mas ela não podia culpá-lo por estar bravo. Por que ela não tinha deixado um bilhete?

— Desculpe. Eu só pretendia dar uma volta. Acho que acabei me deixando levar.

— Você não pode simplesmente sair assim, Kat. Eu não fazia ideia sequer de onde procurar você. Eu estava louco de preocupação — Jace andava de um lado para o outro em frente à janela. A neve estava mais intensa, a ponto de ocultar completamente o penhasco.

— Eu tinha certeza de que ia voltar antes de você — ela não queria passar o pouco tempo que eles tinham juntos discutindo, e quase se arrependeu de ter saído. Eles mal estavam se vendo e, quando se viam, brigavam. — Além disso, não tinha como eu ligar para você.

— A questão não é essa. E se você se perdesse ou se machucasse? Ninguém saberia onde encontrar você.

Kat sentiu uma pontinha de raiva até se lembrar do episódio com o vigia armado. A situação poderia ter se agravado facilmente.

— Você está certo. Eu não devia ter saído sem falar com você. Eu só não queria ter que andar com Ranger. Não quero que ele fique planejando meus passos — Kat envolveu-o com os braços. — Aquele homem me dá calafrios.

Jace se afastou.

— Ele não é exatamente meu favorito, mas pelo menos você está segura com ele. É perigoso lá fora, com a avalanche e tudo.

— Não tenho tanta certeza — com base em suas descobertas, na verdade, era o contrário. — Ranger não é quem você pensa. Ele é perigoso, não os ativistas. Agora eu vejo por que eles não gostam dele.

Ela pegou a câmera e mostrou as fotografias. As fotos tiradas na mina estavam escuras e com pouca exposição, mas deixavam óbvio o estado abandonado da mina. Ela avançou as fotos até chegar na que havia tirado de Ranger e Burt na estrada. Dava para ver claramente Ranger passando uma caixa para Burt; até mesmo as letras na caixa estavam legíveis.

— Veja isso — ela entregou a câmera a Jace. — Essas caixas são de dinamite.

— Por que eles precisam de explosivos? — Jace estreitou os olhos ao colocar a câmera a favor da luz.

— Obviamente, para explodir as coisas. A dinamite tem muitas utilidades. Ela pode até mesmo desencadear avalanches.

Ele balançou a cabeça.

— Minas usam explosivos. Nada de sinistro quanto a isso.

— Jace, a mina está desativada há anos — disse ela, tocando a tela da câmera. — Essas caixas são novas.

— Você não acha que Ranger...

— Eu não sei o que pensar — ela descreveu seu encontro com Ed no bloqueio e o que ela conseguiu captar da conversa entre os homens. — É Ranger que devemos temer. E possivelmente Dennis. Tenho certeza de que ele está envolvido de algum modo.

Kat recontou os planos de sabotagem de Ranger e Burt para o dia seguinte.

— Não me importo com nenhum deles, mas isso parece difícil de acreditar. Tem certeza de que ouviu bem?

Ela assentiu.

— Seja lá o que eles estiverem planejando, vai acontecer amanhã de manhã. Eu só não sei o que é ainda. Eles já se livraram dos Kimmel, e agora querem silenciar de uma vez por todas Ed e os demais ativistas. Temos que os impedir.

— Isso é loucura. Eles não podem simplesmente sair por aí explodindo as pessoas e ficar por isso mesmo.

— A menos que pareça que foi outro acidente. Como a avalanche.

Jace balançou a cabeça.

— Mas por quê? O que eles ganham com isso? — perguntou ele.

— Eu ainda não sei, mas tem que haver algo. De uma coisa eu sei: se parecer realista o suficiente, isso nem será investigado. O caso dos Kimmel é um exemplo. A polícia nem mesmo apareceu. A equipe de busca e resgate diz a eles que foi um acidente, eles dão o caso por encerrado e pronto. Ou melhor, nem chega a existir um caso, para começo de conversa — certos moradores exerciam bastante poder, seja claramente ou de forma disfarçada.

Kat sentou-se na cama e ligou o *notebook*.

— Preciso pesquisar tudo sobre essa área. Tem alguma coisa a ver com o terreno. Aparentemente, Batchelor queria construir uma nova estrada caríssima. Ninguém constrói uma estrada onde já existe uma suficientemente boa. A estrada atual é perfeita para dar acesso ao chalé dele, então por que mudar?

— A não ser que a estrada não seja boa o suficiente para usos futuros — comentou Jace.

— Exatamente. A estrada que já existe está em boas condições; ela vai durar por anos e não é muito utilizada. Será que a nova estrada é necessária para mais pessoas, mais negócios, ou ambas as coisas? Talvez Batchelor queira mais terras, também. Se ele afastar todos daqui, ele consegue comprar as terras a preços baixos.

— Ele não disse nada sobre um novo empreendimento. Por outro lado, ele nunca mencionou a proposta de uma nova estrada recusada. Você o está acusando de sabotagem?

Kat assentiu:

— Ele não conseguiu o que queria pelos meios apropriados. Sua solicitação foi rejeitada. Ele agora recorre a algo menos agradável para atingir seus objetivos. Se eu conseguir provar isso, talvez possa impedir outra catástrofe.

— Se for isso mesmo. Por que não perguntar diretamente a Dennis?

Kat franziu a testa.

— E por que eu faria isso? — perguntou ela.

— Não sobre a possível sabotagem, mas sobre os planos dele de construir uma estrada — Jace apontou para o *notebook* dela. — Afinal de contas, ele fez a solicitação, que foi negada; isso é de conhecimento público. Também é uma pergunta que eu posso fazer como biógrafo dele. Na verdade, estou surpreso por ele não ter mencionado isso.

— Ele só vai lhe contar sobre os êxitos dele, não sobre as falhas.

— É isso que eu odeio nesse negócio — Jace suspirou. — Falta objetividade. Eu só escrevo o que ele me diz. Mas eu duvido que ele tenha recorrido a sabotagem. Mesmo assim, vamos colocá-lo na berlinda perguntando sobre seu ponto fraco.

Kat não queria deixar Jace deprimido novamente.

— Vou organizar minhas observações e eu mesma pergunto a ele amanhã. Tenho algumas horas para pesquisar todos os fatos esta noite — disse ela.

— Receio que isso vai ter que esperar. Fomos convidados para a festa.

— Uma festa? — Aquilo explicava o helicóptero, mas uma celebração no alto de uma montanha afastada de tudo e no inverno? Kat não esperava por essa.

— Batchelor convidou alguns dignitários, que voaram até aqui especialmente para esta noite. Algumas pessoas importantes do governo, patrocinadores ambientalistas da época da juventude dele. A ideia é que sirva de material para a "autobiografia" dele — Jace fez um movimento com as mãos indicando aspas. — Pelo menos foi isso o que ele me disse.

Ele ainda estava furioso com a questão do escritor-fantasma, embora Kat não o culpasse.

— Eu vou ficar — disse ela. — Não tenho nada para vestir. Diga apenas que estou me recuperando da avalanche desta manhã.

Jace fez uma careta.

— Já perguntei a Dennis sobre os trajes adequados e ele disse que isso não tinha importância. E ele espera que você vá. Além disso, você não pode simplesmente me deixar com todas as aquelas pessoas. Preciso de você lá. Você é a minha desculpa para eu ir embora mais cedo.

Kat não tinha argumentos contra isso. Ela devia a Jace um grande favor depois de ter desaparecido e deixado ele preocupado.

— Mas ainda precisamos dar um jeito nos planos de amanhã.

— E nós vamos, logo depois de irmos à festa. Você não precisa ficar muito, é só para manter as aparências. Talvez você possa até conseguir mais algumas informações. De qualquer forma, a biografia de Batchelor é a desculpa perfeita para fazermos perguntas. Como, por exemplo, qual é o lance com as brigas de facções num lugar tão longe de tudo.

Kat concordou.

— Brigas parecem algo tão extremo, considerando como a população é esparsa nessa região —Kat comentou. — Mas acho que esse é o xis da questão. Os moradores não querem que a região se desenvolva, então há muita coisa em jogo para eles. Mas acho que eles são inofensivos; estão bravos, mas não são violentos.

— Você falou com eles?

Kat assentiu.

— Depois de falar com Ed, entendo o ponto de vista deles — disse ela. — A mina arruinou a água potável e desvalorizou as terras deles. São eles que têm que lidar com os resultados disso tudo. Se estivesse no lugar deles, eu também protestaria. E você também.

Kat vasculhou em sua bolsa em busca de alguma coisa para vestir. Escolheu uma blusa azul e calças pretas.

— Batchelor diz que eles são bem violentos.

— Não foi essa a impressão que tive — exceto pelas armas, o que era compreensível, levando-se em consideração com o que eles estavam lidando. — Parece que os ativistas que não são da região é que são violentos.

Ela não havia de fato visto o outro grupo de ativistas, apenas evidências de suas atividades na trilha bloqueada. Julgando tanto pelos comentários de Ed quanto os de Ranger, eles eram discretos, o que era bem estranho, dada a sua suposta inclinação pela publicidade. Ed os descreveu como pessoas que sempre tentavam ofuscar os moradores da região. Será que eles iriam participar dos protestos do dia seguinte?

— Há outro grupo de ativistas? — Jace ergueu as sobrancelhas. — Batchelor não falou deles.

— Ed falou, assim como Ranger — Kat lembrou-se das árvores derrubadas, bloqueando a trilha em sua primeira excursão na motoneve. — As pessoas de fora são profissionais tentando agitar as coisas. Elas estão usando a questão do tanque de rejeitos como um trampolim para suas próprias questões e para chamar a atenção da mídia, o que não deu muito certo até agora.

Kat percebeu a ironia o fato de que Batchelor havia sido um ativista que gostava de chamar a atenção. Ele tinha usado suas façanhas publicitárias para atrair os holofotes da mídia e promover suas causas.

— Ah — Jace coçou o queixo, pensativo.

— O que foi?

— Como eles chegaram até aqui no inverno, com as estradas fechadas? Voando, como nós?

Kat deu de ombros.

— Acho que sim. Embora vir voando deva sair bem caro. Membros de ONGs geralmente não têm dinheiro para torrar. Precisariam de fundos generosos — também era incomum ver ativistas no inverno, por razões óbvias, como o frio, que não somente é desconfortável, como também dificulta uma boa cobertura da mídia.

— Bem generosos. A menos que fossem financiados por alguém — Jace conferiu o relógio. — É melhor irmos para o chalé. O jantar começa em meia hora.

— Uma coisa que não consigo entender — disse Kat —, é que eles estão batendo de frente com os moradores, o que é uma total perda de tempo. Por que, ao invés disso, não se juntam a eles?

— Exatamente — concordou Jace. — Todos eles estão protestando contra o vazamento do tanque de rejeitos que contaminou a água. Lutar uns contra os outros apenas diminui a importância da causa. Se os ativistas que não são da região quisessem ganhar notoriedade, há causas maiores e mais acessíveis. Qual é o nome da organização deles?

— Não faço ideia — Kat balançou a cabeça. — Se eu soubesse, poderia descobrir quem os está financiando. Mas não faço ideia de quem sejam.

Jace calçou as botas.

— Chegamos aqui de avião particular e estamos hospedados na casa de Dennis. Onde esses ativistas estão hospedados? Eles devem ter voado até aqui, assim como nós. Alguém deve saber.

Quem sabia não estava contando para ninguém, mas Jace estava certo sobre uma coisa: não havia hotéis por perto, então, ou eles eram hóspedes de moradores ou estavam hospedados em um hotel em Sinclair Junction. Tinha que ser a última opção, já que eles não eram bem-vindos pelos moradores da região.

Ativistas buscam naturalmente chamar a atenção. Mas os ativistas forasteiros eram praticamente invisíveis. Quem eram eles, e por que eram tão esquivos?

13

A festa já havia começado quando Kat e Jace chegaram ao chalé. O grande salão abrigava metade de sua capacidade: cerca de cinquenta pessoas, a maioria casais idosos. Os homens pareciam-se muito uns com os outros, corpulentos, rostos rosados e rígidos em seus ternos pretos e sapatos polidos. A maioria das mulheres estava vestida de modo semiformal e usava pérolas, o uniforme das mulheres em busca de arrecadação.

Kat procurou por Ranger e ficou aliviada ao ver que ele não estava na festa, o que era bom e, ao mesmo tempo, ruim, ela lembrou a si mesma. Ele, sem dúvida, estava cuidando para que tudo estivesse bem organizado para a catástrofe do dia seguinte.

Kat sentiu-se lamentavelmente mal vestida. Até mesmo as vestimentas de Jace combinavam com as dos demais. Ele vestia um terno azul escuro que ele havia guardado "para emergências", o termo que ele costumava usar para se referir a jantares chiques e eventos semelhantes, eventos que ele evitava a todo custo, exceto quando ele os estava cobrindo como jornalista.

Pelo menos o visual dele estava de acordo com a festa. O dela, por outro lado, não estava. Ela sem dúvida era a pessoa vestida da forma mais casual na festa, já que estava com uma blusa informal e calças.

Kat amaldiçoou a si mesma por não ter colocado um vestido em suas malas. Ela jamais havia pensado que iria parar numa festa de arrecadação de fundos cheia de políticos no alto de uma montanha no meio do inverno. Esperava um fim de semana em meio à natureza, não uma festa elegante.

Kat seguiu os demais convidados até a sala de jantar. Três grandes mesas redondas haviam sido acrescentadas à grande mesa de jantar para acomodá-los. Cada lugar tinha uma indicação com um nome e ela ficou surpresa ao ver que os lugares dela e de Jace estavam separados, embora ambos estivessem à mesma mesa. Jace estava à direita de Dennis, enquanto ela estava entre duas mulheres no lado oposto. Sentou-se, grata pela oportunidade de esconder suas roupas casuais.

A mulher à esquerda usava um vestido longo de veludo azul *royal*, que ficava ainda mais chamativo por causa de um colar de safira e diamante esticado em seu pescoço flácido. Kat sorriu para ela, embora não estivesse no clima para conversas amenas.

Ainda estava preocupada com a dinamite e não conseguia prestar atenção a nada mais. Quando e como eles planejavam usá-la? Para desencadear outra avalanche?

Kat percebeu que a mulher olhava para ela, e deu-se conta de que ela havia acabado de falar. Kat não havia ouvido uma palavra.

A mulher ao lado sorriu.

— Você ainda está abalada com o acidente. Ouvi tudo a respeito do que aconteceu.

A mulher era vagamente familiar, embora Kat não conseguisse lembrar de onde. Deu uma olhada na indicação do lugar e instantaneamente reconheceu o nome, *Rosemary MacAlister*.

Claro. Rosemary era quase tão famosa quanto seu marido político, George MacAlister. Ela era uma socialite de Vancouver e figura marcada em muitos eventos de caridade. Ambos eram grandes benfeitores e tinham até mesmo um hospital com seu nome.

A festa de Batchelor tinha, aparentemente, convidados de seu círculo social, apesar da localização remota. Kat se perguntou sobre o motivo, e então se deu conta de que se tratava de um evento de arrecadação de fundos para George MacAlister, o marido de Rosemary.

Ele estava concorrendo à reeleição e este era o primeiro de muitos eventos para arrecadar fundos para sua campanha.

— Ainda estou abalada, mas estou melhor — Kat estava faminta, sinal claro de que ela havia se recuperado. Seu estômago roncava só de ela pensar em comida.

Jace havia mencionado que os pratos servidos na festa custariam mil dólares cada, e seriam acompanhados de canapés de caviar, um bar de whisky e degustação de vinho. Kat não podia nem sonhar em pagar um preço tão exorbitante, mas, mais uma vez, ela e Jace dificilmente se encaixavam na mesma classe social que o casal poderoso frequentador de festas.

Ainda que os convidados fossem pagar mil dólares por prato, os gastos não seriam compensados. Batchelor provavelmente pagaria a diferença. Muitas doações em espécie rolavam por trás das cortinas, especialmente para aqueles envolvidos na política.

Kat estava surpresa com a quantidade de convidados que conseguiram chegar até ali no inverno, já que a estrada estava interditada.

— Nunca imaginei que estaria num evento como esse no meio do nada. Especialmente com essa tempestade lá fora — disse ela para Rosemary.

— Não é terrível? — Rosemary virou a taça e tomou o restante do vinho. Em seguida, colocou a taça sobre a mesa, mas a taça tombou. Gotas vermelhas respingaram sobre a toalha branca de linho. — Oh, querida, eu não devia ter tomado aquela dose extra de *Martini* no helicóptero.

— Vocês voaram até aqui? — Kat não conseguia imaginar *Martinis* em um helicóptero.

Rosemary confirmou com um movimento de cabeça.

— Todos nós viemos. Dennis enviou o helicóptero dele para nos trazer. Ele não podia ficar sem o convidado de honra, não é?

— Há pelo menos cinquenta pessoas aqui — Kat disse. A maioria dos homens estava reunida em torno de Dennis, à cabeceira da mesa, incluindo Jace, que estava sentado à direita dele.

Rosemary riu.

— Nós voamos em grupos, quatro por vez. É quase como a hora do rush. Vamos voar de volta mais tarde hoje à noite.

Pobre do piloto, que tinha que ficar esperando. As condições não eram exatamente ideias para o voo. Na verdade, era definitivamente perigoso. A tempestade de neve havia se transformado numa nevasca, e era improvável que fosse diminuir até a manhã do dia seguinte; mas os convidados pareciam ignorar o clima do lado de fora.

E também pareciam ignorar a falta de comida. Uma hora mais tarde, a entrada chegou, trazida por garçons de smoking. Kat contorceu-se em seu assento. Agora ela realmente se sentia mal vestida.

A primeira entrada era um salmão minúsculo defumado e uma salada cítrica artisticamente montada sobre algumas folhas de alface. Kat se perguntou a que porção dos mil dólares aquele prato correspondia e se os ingredientes também haviam sido trazidos de helicóptero. Alguém seria capaz de gastar milhares de dólares por um jantar e ainda ir embora com fome? Ela tinha esperanças de que a geladeira na cabana onde eles estavam hospedados estivesse bem aprovisionada de carboidratos, porque aquele jantar parecia um pouco leve para um dia em que ela havia queimado tantas calorias.

Alguém deu um tapinha de leve em seu braço. Kat se virou e viu Dennis, também vestindo um smoking. Por que ele não havia informado Jace sobre o código de vestimentas? Aquele evento obviamente havia sido programado há meses.

— Fico feliz que tenha vindo — disse ele. — Vejo que já teve a oportunidade de conhecer Rosemary, esposa de George.

Kat assentiu. O estratagema óbvio para separar homens e mulheres a irritou, e sugeria sexismo. O que mais ela tinha em comum com uma socialite trinta anos mais velha que ela, além do gênero? Por outro lado, ela só estava ali por causa de Jace, já que ele era o convidado oficial. Ao invés de reagir exageradamente, ela deveria apenas ficar sentada e aproveitar a comida e a bebida. Pobre Jace, que tinha que manter o papel de biógrafo oficial.

Não que Kat estivesse contando, mas Rosemary estava na quarta taça de vinho e eles nem haviam começado a segunda rodada de pratos. Kat tinha acabado de engolir sua salada quando Dennis materializou-se repentinamente atrás dela.

— Mais vinho? — Dennis sorriu para Rosemary e encheu mais uma vez sua taça com vinho de uma garrafa de *Merlot* que parecia bastante cara.

Ele então se dirigiu a Kat, e ela balançou a cabeça negativamente, apontando para sua taça cheia pela metade: — Estou bem.

Assim que Dennis se afastou o suficiente, Rosemary inclinou-se em direção a Kat e cochichou:

— Odeio essas coisas. Tenho que aturar isso e pedir dinheiro.

Sua companheira de mesa já estava bêbada e o evento mal havia começado. Kat observou a aglomeração, formulando um plano para escapar.

— Um evento como esse aqui é uma surpresa para mim — disse ela.

— Dennis os organiza o tempo todo. Ele não é bom em muita coisa, mas sabe dar uma festa.

As coisas estavam ficando mais interessantes agora. A opinião de Rosemary sobre Dennis aparentemente não era muito cortês.

— Nota-se que você conhece Dennis há muito tempo, não é mesmo?

Rosemary assentiu.

— Nós todos crescemos aqui. George e Dennis estudaram juntos. Eu estava dois anos atrás deles na escola.

— Aqui? Nas montanhas? — não havia passado pela cabeça de Kat que Dennis era de Paradise Peaks. Ela simplesmente supôs que ele havia se mudado para lá para ficar mais próximo da natureza, e não para voltar às suas raízes.

— Não exatamente aqui. Em Sinclair Junction. Mas nossas famílias tinham propriedades aqui nas montanhas. Isso aqui ainda é um fim de mundo, mas estamos tentando mudar isso.

— Como? — o que ela queria dizer com "nós"?

— Precisamos dar um impulso na economia — disse ela. — Como a mineradora fechou há alguns anos, não há mais nada. Nada de indústria, nem empregos. George quer mudar tudo isso, desenvolvendo o turismo. Há planos para um novo *resort* de férias e esqui.

— É mesmo? Eu não fazia ideia. Aqui é um lugar muito bonito, e as montanhas parecem perfeitas para um *resort* de esqui — Kat se lembrou de Elke e Fritz. Perfeito para qualquer um, exceto para moradores da região que se opunham a isso, o que incluía praticamente todos os atuais moradores.

— Vai ficar ainda melhor, assim que aperfeiçoarmos a estrada. Esse lugar é ridiculamente inacessível durante o inverno.

— E quanto a avalanches? Não é muito perigoso para esquiar?

— Por enquanto é, mas o *resort* vai usar explosões controladas para controlar as avalanches. Faz parte das operações de praxe. Estamos muito empolgados com o novo empreendimento.

Rosemary virou a taça.

Kat pegou a garrafa de vinho. Rosemary aceitou, e Kat encheu a taça. Não havia necessidade de ir a outro lugar. Toda a pesquisa de que ela precisava estava sentada bem ao seu lado.

— Eu não fazia ideia de que um empreendimento estava sendo planejado — nem Dennis, nem Ranger, nem outros moradores haviam mencionado isso. — E quanto à propriedade da mina?

Rosemary abriu a boca, surpresa.

— Oh, eu supus que Dennis havia contado a você.

— Contado o quê, exatamente?

Rosemary deu uma risadinha.

— Eu falei demais, mas, agora que eu já estraguei tudo, posso te contar o resto — fazendo um gesto com a cabeça indicando Batchelor, continuou: — Este chalé é só o começo. Junto com a propriedade em torno, este é o início do *Golden Mountain Resort*, um empreendimento de quatro mil hectares.

O terreno de Batchelor tinha apenas cerca de 160 hectares, o que significava que ele precisava de todas as propriedades adjacentes e mais um pouco, e isso incluía o terreno de Elke e Fritz, a mina e outros. Só que o local da mina estava contaminado, assim como o Riacho dos Garimpeiros.

Kat prosseguiu com o jogo:

— Agora que você mencionou, eu me lembrei. Dennis disse alguma coisa por cima, mas eu havia me esquecido dos detalhes.

— Vai ser uma comunidade fantástica — disse Rosemary. — Uma atração ambiental, tudo autossuficiente. Energia solar, água das geleiras, um restaurante orgânico com alimentos 100% produzidos localmente.

A água das geleiras era simplesmente a água que já existia lá, já que o reservatório era alimentado pelas geleiras. A região selvagem era o sonho de *marqueteiro*.

A água contaminada era um obstáculo para Batchelor, embora ele não parecesse preocupado. O tanque de rejeitos tinha que ser consertado para que o projeto pudesse acontecer. Como aquilo custaria toneladas de dinheiro, por que não construir o *resort* em qualquer outro lugar? Parecia ilógico escolher um lugar contaminado, mas, talvez, ele já tivesse se comprometido antes do acidente com o tanque. Mesmo assim, isso não fazia sentido nem do ponto de vista financeiro nem do ponto de vista dos negócios, e bilionários são conhecidos por estarem sempre ligados nos lucros. Havia muitos outros lugares para construir *resorts*, então, por que escolher ali, considerando-se todas as dificuldades?

Fossem quais fossem seus motivos, era evidente que ele precisava das propriedades vizinhas. Propriedades que não estavam à venda.

— A propriedade de Batchelor não é grande o bastante para um *resort*. Como a montanha vai conseguir manter uma densidade tão alta de pessoas? — Batchelor sabia exatamente quem eram seus opositores por causa da rejeição de sua solicitação vários anos antes. Elke e Fritz sem dúvida estavam entre eles. Se o dinheiro não os tinha convencido a vender, será que ele tinha recorrido a outros métodos?

— E não vai — Rosemary riu. — Esta propriedade é apenas uma fração de uma comunidade cercada e exclusiva. Ela terá milhares de hectares com esqui no inverno e um campo de golfe no verão.

— Golfe? — trazer mais pessoas não era um bom presságio para a natureza intocada.

— Um campo com apenas nove buracos, para começar —

explicou Rosemary. — A segunda fase acrescentará um campo próprio para campeonatos, com dezoito buracos.

— Tudo isso no lugar de mil propriedades?

— E o hotel — ela esguichou. — Vai ser ótimo quando outros descobrirem essa joia escondida. Mal posso esperar.

Parecia uma mudança drástica para a paisagem selvagem. E uma mudança de direção significativa para um ambientalista respeitado. Batchelor havia se vendido.

Uma boa parte dos lucros de Batchelor provavelmente iria para a campanha de reeleição de George. O projeto não poderia ter continuidade sem as devidas aprovações governamentais. Aprovações que George, como Ministro do Meio Ambiente, poderia conseguir rapidamente com o governo.

De repente, tudo fazia sentido.

O projeto geraria milhões a mais para um homem que já era bilionário. Quanto valia a sua reputação para que ele desse as costas a seu passado ambientalista?

Lucrativo o bastante para cometer assassinato?

14

Rosemary falou sem parar durante todo o jantar, a sobremesa e o café. A reunião de duas horas tinha tantos pratos que Kat perdeu as contas. Aos poucos, sua fome foi desaparecendo. Não havia nada no menu que poderia ser considerado local, do salmão selvagem ao conhaque servido após o jantar. Tudo era importado e tinha chegado até lá voando desde o litoral, o que não era barato nem mesmo para um bilionário como Batchelor. Quanto mais ela descobria sobre ele, menos ela entendia. A *persona* particular dele contrastava com sua imagem pública de forma desconcertante.

Kat faria qualquer coisa para esticar um pouco as pernas, para facilitar a digestão, mas ela estava presa. Rosemary estava sentada de um lado, e a mulher do outro lado as interrompia o tempo todo para falar sobre seu último projeto de design de interiores.

Kat estava desesperada para voltar para a cabana e colocar no papel todos os comentários de Rosemary. Quando ela entrou no assunto das organizações de Paradise Peaks, pôde entender exatamente quais papéis Rosemary, George e Dennis haviam desempenhado em sua cidade natal. Dos três, apenas Dennis ainda tinha uma casa ali, mas isso não significava que os MacAlister não tinham seus contatos na região. E havia o *Golden Mountain Resort*, o empreendimento que Rosemary havia mencionado. A solicitação a respeito do empreendimento que Dennis fizera e que fora negada fornecia algumas dicas sobre seus planos futuros.

Kat tinha que falar a sós com Jace. Era provável que ele não estivesse sabendo dos planos de Dennis para um *resort*, já que ele não tinha falado nada sobre isso. Ele provavelmente havia chegado à mesma conclusão sobre a festa que ela. Dennis estava comprando favores com contribuições financeiras para a campanha de reeleição de George MacAlister. Havia mais uma história, uma que era quase certeza que seria omitida da biografia oficial de Batchelor.

Kat observou o salão atentamente. A maioria dos convidados formava pequenos grupos ou estava sem o que fazer agora que o jantar tinha chegado ao fim. Ela viu Jace no bar de whisky; ele estava rodeado de meia dúzia de homens de meia-idade que pareciam grudados nele. Eles riam e praguejavam alto, enquanto aumentavam histórias sobre Batchelor. Estavam fazendo de tudo para promoverem a si mesmos de forma velada, na tentativa de serem incluídos na biografia de Batchelor.

A expressão de Jace era a de alguém cansado e irritado. Sem dúvida, ele já tinha ouvido um milhão de histórias, assim como Kat. Mas ela ao menos tinha conseguido coletar algumas informações interessantes. Os olhos de ambos finalmente se encontraram e ela fez um sinal indicando a ele que se encontrassem no vestíbulo.

Ele atravessou o salão e eles chegaram ao vestíbulo juntos. Era possível ouvir algumas risadas vindas da festa, mas eles estavam sozinhos, embora a acústica ampliada por causa do pé direito alto amplificasse seus sussurros, aumentando seu volume de forma desconfortável.

Kat recontou os comentários de Rosemary.

— Ela é bem divertida, até.

— Ela tem ótimos contatos — disse Jace. — O que ela diz deve ter alguma verdade.

Kat deu uma olhada à volta, mas não viu ninguém. Ainda assim, com aquela acústica, qualquer um por perto poderia ouvir facilmente sua conversa sussurrada.

— Será que podemos ir a algum lugar mais calmo? — perguntou Kat.

Jace fez sinal para que ela o seguisse.

— Esqueci meu caderno no escritório de Dennis. Podemos conversar melhor lá.

Ao entraram no escritório de Dennis, Kat notou que era um lugar obviamente masculino, com uma mesa de bilhar onde deveria haver uma mesa para reuniões.

— Achei que vocês estivessem trabalhando aqui o dia todo.

Jace deu um sorriso irônico:

— Ele me faz trabalhar, não se preocupe. Estou fazendo jus ao meu dinheiro. Só tenho que manter a boca fechada enquanto conto as horas.

Kat repetiu os comentários de Rosemary sobre os planos de Batchelor para um *resort*.

— Não sei o que pensar. Parece que Dennis planeja comprar secretamente toda a região — disse ela.

— Ele não me falou sobre isso. Os MacAlister estão envolvidos também?

Kat balançou a cabeça.

— Não na compra das terras, mas, de acordo com Rosemary, Dennis é o maior colaborador na campanha deles. Como George é Ministro do Meio Ambiente, me pergunto se ele não ganhar alguns favores especiais quando Dennis tiver as terras.

— Você está tirando conclusões precipitadas. É claro que eles são amigos, todos eles cresceram juntos aqui, e também têm interesse no ambiente. Não há nada de errado em compartilharem interesses em comum — disse Jace. — Dennis é conivente, mas não acho que ele seja corrupto.

— Ele vai ganhar muito dinheiro se determinadas coisas acontecerem. As pessoas racionalizam suas decisões às vezes — ela esperava que essa racionalização não incluísse assassinato. Parecia inacreditável, mas com tanta gana para adquirir as terras, Kat tinha suas dúvidas.

Jace coçou o queixo, pensativamente.

— Como conseguir as aprovações e alvarás necessários, por exemplo.

— E construir uma nova estrada. Mesmo que os demais moradores não queiram.

Jace pegou seu caderno de uma escrivaninha e entregou a ela.

— Leve com você. Não posso perdê-lo de jeito nenhum.

Ao pegar o caderno, Kat notou uma pequena pilha de papéis sobre a mesa de Dennis. As folhas tinham o timbre da *Earthstream Environmental*. O símbolo do trevo de quatro folhas era idêntico à logomarca que ela havia visto no boné do vigia.

— Reconheço essa logo — Kat apontou para os papeis. — O vigia da mina tinha o mesmo emblema no boné. Talvez ele não fosse um guarda, no fim das contas.

— A *Earthstream* é a empresa de consultoria ambiental de Dennis. Estou surpreso que o vigia não tenha dito isso a você. É uma das operadoras de Dennis, eles fazem recuperações ambientais.

— Isso é estranho. Você não acha que Ranger teria mencionado alguma coisa sobre o trabalho de Dennis aqui?

Jace pareceu confuso.

— Quando passamos pelo bloqueio? — continuou Kat. — Ele disse que os ativistas estavam implicando com Dennis, embora ele não tenha mencionado que a empresa de Dennis estava fazendo a recuperação ambiental. Outra coisa: Ranger trabalha para Dennis, e o vigia sabia que eu era hóspede de Dennis. Podia-se pensar que ele, no mínimo, não teria apontado uma arma para mim.

— Ele apontou uma arma para você? — Jace franziu a testa. — Você não deveria ter saído sozinha como você fez.

Ela havia falado demais.

— Não foi assim. Eu sabia que ele não ia atirar — um exagero, talvez, mas ela não havia sentido nenhuma má intenção.

— Ele tinha uma arma, Kat. Ninguém sabia que você estava lá. Isso é preocupante o bastante.

— Eu o surpreendi. Ele não esperava me ver por lá. Talvez eu esteja pensando demais. Dennis provavelmente apenas deu o boné para ele ou alguma coisa assim. Quem sabe?

Jace concordou.

— Dennis não tem como conhecer todos os passos de todas as suas empresas. Outras pessoas gerenciam as operações do dia-a-dia, então ele necessariamente não saberia sobre o trabalho da empresa dele lá.

— Nem no quintal dele? Todo mundo conhece todo mundo nesse lugar — perguntou Kat.

— Perguntarei a ele sobre isso amanhã. Nós ainda não chegamos na parte empresarial da história. Estamos focando mais o trabalho filantrópico e de caridade. Mas eu concordo. É estranho ele ter um funcionário na mina e não saber disso.

— Ele tem que saber.

Jace pegou seu caderno e virou-se para sair.

— A mineradora empregou dezenas de subsidiárias que pertencem a Dennis. E daí se seus funcionários esqueceram de contar a ele? É apenas uma coincidência a mineradora ter contratado a empresa dele.

— Não acredito em coincidências — disse Kat. — Além disso, por que eles estariam trabalhando agora? A mina está desativada há alguns anos, e estamos no inverno. Está frio e é difícil trabalhar com neve no chão. — Sem falar na idade do homem; ele simplesmente não parecia um funcionário de uma empresa de consultoria ou de engenharia. — Como ele poderia desconhecer o fato de que sua empresa está trabalhando num lugar minúsculo como esse? Um lugar onde ele nasceu? Ele faria alarde com a recuperação para ganhar pontos com os vizinhos.

— Você está certa — concordou Jace. — E tudo é previamente planejado com Dennis Batchelor.

Eles voltaram ao grande salão no momento em que George MacAlister levantou-se. Ele parou ao lado de Dennis, à cabeceira da mesa, e começou a falar. Foi um discurso típico sobre entrar em ação para uma campanha, o pontapé inicial de sua campanha de reeleição.

Kat ouviu educadamente, enquanto planejava uma forma de ir embora. Diferentemente dos demais convidados, ela podia escapar para a cabana. Se ela saísse no momento certo, poderia fazer isso sem ser notada. O discurso foi longo, quarenta e cinco minutos, e era impossível sair sem chamar a atenção. Como muitos políticos, MacAlister gostava de usar um longo tempo para não falar absolutamente nada de substancial. Seu discurso foi acompanhado por vários colaboradores que enalteciam a sabedoria e a capacidade de planejamento de George com relação ao meio ambiente.

Kat finalmente teve uma oportunidade quando Batchelor se levantou para falar. Ela deu um beijo no rosto de Jace, pegou o caderno dele e saiu. Ninguém a viu sair, com exceção de Jace, que prometeu coletar toda informação que pudesse sobre o *Golden Mountain Resort* e a ligação de Batchelor com os MacAlister.

Ela deslizou para dentro do ar fresco da noite, deixando para trás as luzes acolhedoras do chalé. A rajada de vento frio foi surpreendentemente refrescante. Perdida em pensamentos, Kat seguiu pelo caminho de onde a neve foi retirada ao invés de ir pela trilha coberta de neve de volta para a cabana.

Kat sentia-se esgotada tanto física quanto emocionalmente por causa da avalanche daquela manhã. Ela poderia facilmente cair no sono, mas tinha trabalho a fazer, e restavam poucas horas para isso. Não podia perder tempo se queria salvar as pessoas de Paradise Peaks.

15

____

A longa história do ativismo de base em Paradise Peaks remontava aos anos 80. Os primeiros ativistas que inspiraram Dennis Batchelor a tornar-se ambientalista tinham virado moda novamente. Batchelor chegou a liderar protestos; agora, outros protestavam contra ele. Embora os ativistas oficialmente se opusessem à mineradora, eles deixavam claro seu descontentamento com relação a ele.

Kat estava convencida de que Batchelor tinha ligação com seja lá o que Ranger e Burt haviam planejado para o dia seguinte. Ele era esperto o bastante para ficar com as mãos limpas, mantendo-se distante. Ranger fazia todo o trabalho sujo por ele.

Para evitar a catástrofe iminente, Kat precisava saber o que era e como exatamente eles planejavam executá-la.

Paradise Peaks havia mudado muito desde que Batchelor a havia colocado sob os holofotes do ambientalismo décadas antes. A atenção da mídia trouxe mais visitantes, mas não necessariamente do tipo que ama a natureza. O que era bom para a economia local vinha com um custo ambiental. Os interesses dos habitantes da região foram soterrados por pilhas de dólares. Como o futuro de Paradise

Peaks estava diretamente ligado ao dinheiro, quais eram as chances de Batchelor não estar envolvido?

Zero.

Kat procurou lembrar-se dos comentários de Rosemary sobre os planos para o *Gold Mountain Resort*. Dennis precisava das propriedades adjacentes, incluindo a propriedade dos Kimmel e a *Regal Gold Mine*. Um calafrio subiu-lhe pela espinha diante das implicações do contexto. Os Kimmel haviam se recusado a sair de lá. Subitamente, suas vidas chegaram a um fim e eles não estavam mais ali para lutar.

Talvez eles não fossem produtores de maconha como Ranger e Dennis sugeriram. Se as alegações dos Kimmel fossem justificadas, é claro que Dennis os colocaria em descrédito ao chamarem-nos de loucos. Em quem as pessoas acreditariam?

Kat ligou seu *notebook*. Conforme o mistério ia ficando cada vez mais intrincado, ela precisava documentar suas descobertas enquanto ainda estavam frescas na memória. Até mesmo a polícia poderia achar aquilo útil, se e quando eles finalmente aparecessem para entrevistá-la sobre a avalanche. De qualquer forma, seu resumo poderia ajudar Jace mais tarde, se ele escrevesse a outra história, não oficial.

Batchelor era o beneficiado direto do acidente porque os obstáculos para adquirir as terras haviam sido removidos. Como ele também precisava da propriedade da *Regal Gold Mine*, fazia sentido não ter consertado o tanque de rejeitos. Alguns dos reparos não seriam necessários se o local ganhasse um novo propósito.

A contaminação ainda precisava ser resolvida, claro, mas era menos extensa e menos cara do que reconstruir o tanque por completo para que a *Regal Gold Mine* voltasse a funcionar plenamente. Vender a propriedade poderia ser a melhor solução para os proprietários ausentes, também. Afinal, a mina havia funcionado por mais de trinta anos e devia estar já nos seus anos derradeiros. A maior parte do ouro, e a maior parte dos lucros, já havia sido extraída.

Kat refletiu sobre a logomarca da *Earthstream* no boné do vigia. O trevo de quatro folhas implicava que havia alguma conexão com a *Earthstream* e, portanto, com Batchelor. Mas aquilo podia não significar nada em uma comunidade pequena como aquela. Todo mundo estava ligado de alguma forma.

A julgar pela idade, o homem podia muito bem já ser aposentado, por isso, talvez ele nem fosse um vigia. Talvez ele estivesse apenas cuidando do lugar de modo informal. Era improvável que ele fosse um engenheiro ambiental ou algo semelhante na *Earthstream Technologies*, já que ele já era muito idoso. Batchelor provavelmente apenas tinha lhe dado o boné. Mas por que ele estaria na mina, para começo de conversa?

Kat não fazia ideia, mas era inútil gastar mais tempo pensando nisso. Já eram onze da noite, e ela ainda não havia conseguido entender quais eram os planos de Ranger e Burt para o dia seguinte.

Bocejou e decidiu dar a noite por encerrada. Por simples hábito, clicou no navegador e ficou surpresa ao ver que havia uma boa conexão de internet.

Abriu o site da *Earthstream Technologies*, uma das dezenas de empresas que faziam parte da complicada estrutura organizacional de Batchelor, e procurou a página de informações sobre a empresa.

A *Earthstream* tinha uma sede em Luxemburgo, que era de propriedade de uma holding de lá, que, por sua vez, pertencia a uma sociedade anônima das Ilhas Cayman. Sociedades anônimas podiam servir para sonegar impostos, livrar-se de responsabilidade social ou ambas as coisas, justamente por serem anônimas. No papel, a teia de empresas e o labirinto organizacional corporativo era uma forma eficaz de ocultar o verdadeiro proprietário. No entanto, qualquer um que seguisse o labirinto poderia ver que o dono definitivo era Dennis Batchelor.

Como acontece com a maioria dos bilionários, suas posses eram administradas por um exército de advogados e contadores cuja única missão na vida era atender a seus desejos da forma mais lucrativa possível com responsabilidade limitada. Embora lacunas fiscais não fossem ilegais, isso não significava que fossem morais.

Qualquer indignação que a consciência de Batchelor pudesse sentir com relação a questões ambientais não o impediu de capitalizar todo e qualquer imposto e benefício financeiro disponível. Uma coisa estava clara: o posicionamento anticorporativo do herói ambientalista não se aplicava às suas próprias participações em corporações. A única limpeza de que ele havia participado na região foi no sentido financeiro, a fim de maximizar seu patrimônio líquido.

O site da *Earthstream* também era interessante considerando-se o que ele não mostrava. Havia uma longa lista de projetos em andamento, mas a *Regal Gold Mine* não era um deles. Devia haver uma explicação plausível para isso. Talvez o projeto fosse novo demais, pequeno demais ou já tivesse sido concluído.

Só que a *Regal Gold* não se encaixava em nenhuma dessas categorias. Ela era maior do que muitos dos projetos listados da *Earthstream*, e também não era um projeto novo. O tanque de rejeitos havia rompido alguns anos antes e ainda não havia sido consertado. Isso suscitava uma outra questão. Sendo os proprietários ausentes ou não, o governo devia ter forçado a empresa a reparar os danos. Deixar uma comunidade sem água potável por anos era algo inédito.

É CLARO que MacAlister *era* o governo. Como ministro do meio ambiente, ele podia anular julgamentos ou ignorar transgressões. Se alguém descobrisse, seria um suicídio político, mas os ganhos valiam o risco. Será que ele tinha algum tipo de acordo paralelo com a *Regal Gold*?

Deveria haver alguma explicação do porquê MacAlister, como Ministro do Meio Ambiente, vinha ignorando os protestos dos ativistas, que eram válidos, por mais de dois anos. O governo deveria ter intercedido quando o descumprimento da *Regal Gold* ficou evidente. Simplesmente não havia desculpas para que a água potável continuasse contaminada e imprópria para consumo por tanto tempo. Era também um desafio à lógica entender por que dois homens poderosos que tinham suas raízes naquele local tinham simplesmente aceitado o *status quo* sem contestar.

Os serviços da *Earthstream* incluíam recuperação ambiental, sendo, portanto, perfeitamente capaz de resolver a situação do tanque de rejeitos. Aquilo deveria ter passado imediatamente pela cabeça de Batchelor. Será que a *Regal Gold Mine* tinha finalmente criado vergonha e decidido resolver o problema? Em vista dos protestos e hostilidades sem fim, com certeza eles seriam os primeiros a ficar sabendo, ao menos por motivos de relações públicas. Afinal, era uma ótima notícia com a qual Batchelor podia se beneficiar.

O que poderia ser mais lucrativo do que fechar negócios para a *Earthstream*?

A única coisa mais valiosa para Batchelor eram mais terras para seu *resort;* terras que ele poderia comprar a um preço muito mais baixo em vista da sua situação de contaminação. Estaria Batchelor esperando para comprar as terras a preço de banana? Se fosse esse o caso, será que ele teria convencido MacAlister a fazer vista grossa?

Era interessante Jace não estar ciente dos planos de Batchelor para um *resort*. Por que ele não havia mencionado isso ao seu biógrafo oficial? Tinha algo a esconder?

Kat conferiu o relógio e percebeu que já era mais de meia-noite. Jace era o único convidado que não estava preso na festa por causa do mau tempo, mas ela suspeitava que ele não poderia deixar os demais convidados. Os voos de volta provavelmente ficariam suspensos até que a tempestade amenizasse.

Kat voltou sua atenção para a *Regal Gold Mine*. Embora pertencesse a proprietários estrangeiros, como uma sociedade de capital aberto ela era obrigada a apresentar documentos regulatórios. Procurou as informações relativas a valores mobiliários e pesquisou as declarações regulatórios.

Suas pálpebras foram ficando cada vez mais pesadas conforme ela ia clicando nos relatórios. As intermináveis declarações e isenções de responsabilidade eram áridas o bastante para colocar qualquer um para dormir. Ela começou pelos relatórios contábeis trimestrais, mas não encontrou nada incomum.

A *Regal Gold Mine* havia sido bastante rentável até o incidente com o tanque de rejeitos. Apesar da idade da mina, ela ainda tinha pelo menos uma década de vida pela frente. Cada dia em que ela permanecia inativa custava o dinheiro dos proprietários por causa dos lucros cessantes. Mais uma razão para consertar o tanque e colocar a mina em funcionamento novamente. Ainda assim, eles não haviam feito nada.

Algo mais lhe parecia estranho. De acordo com as declarações regulatórias, os proprietários majoritários estrangeiros haviam vendido recentemente suas ações, embora os ativistas locais parecessem ignorar a mudança de propriedade. Era um momento estranho para uma venda, em vista do problema com o tanque. Investidores normalmente evitam empresas com problemas ambientais não resolvidos. Além do preço de compra, o novo dono herdaria milhões em tributações ambientais e teria que encarar a possibilidade de falência. Um risco que poucos estariam dispostos a correr.

Às vezes, coisas assim acontecem, mas o comprador ou era um tolo ou alguém que já conhecia as consequências.

A proprietária majoritária, uma empresa chinesa chamada *Lotus Investments*, havia vendido 51% de sua participação diretamente para a nova proprietária, que privatizou a *Regal Gold Mine*, excluindo-a da Bolsa de Valores de Nova York.

De acordo com as declarações regulatórias, a nova proprietária majoritária era uma empresa chamada *Westside Investments*. Além dela, uma segunda empresa tinha participação significativa na *Regal Gold*. Tratava-se de uma sociedade anônima chamada *88898 HOLDINGS Limited*, baseada nas Ilhas Cayman. Juntas, as duas empresas detinham 81% das ações em circulação.

Bingo.

Seguir o dinheiro e, nesse caso, a participação proprietária na empresa, sem dúvida lançaria alguma luz sobre as transações. A mudança de propriedade era com certeza um ponto-chave para desvendar o mistério.

Kat examinou os outros relatórios e parou no último. A *Westside* havia emitido uma licitação para vender todas as ações restantes com ágio pelo preço atual de mercado. A oferta não era tão generosa, mas, também, não tinha que ser. As ações haviam perdido quase todo seu valor após o incidente com o tanque de rejeitos. Na verdade, elas estavam bem baratas, valendo praticamente alguns centavos cada.

Ela voltou sua atenção para a *Westside Investments*. As informações sobre a proprietária majoritária eram esparsas, constando apenas que ela era, por sua vez, de propriedade da *247 Holdings*, outra empresa das Ilhas Cayman. Tudo o que ela podia garimpar eram os nomes dos conselheiros, todos advogados no mesmo endereço em Cayman. Era uma empresa de fachada, com os verdadeiros proprietários ocultos por trás de um véu corporativo. Diferentemente da *Regal Gold*, ela não era de capital aberto, por isso, as informações sobre as participações não eram prontamente disponibilizadas na internet.

Kat tentou um ângulo diferente. Empresas com uma grande estrutura de participação sempre estabelecem seu próprio conselho de administração nas empresas nas quais investem. Segredo ou não, elas precisam exercer o controle; é assim que elas influenciam operações e protegem seus investimentos. Pelo menos um ou dois conselheiros tinham que ser nomeados pela *Westside*.

Kat clicou nas biografias correspondentes aos membros do Conselho de Administração. A maioria dos nove conselheiros parecia ser de executivos com décadas de experiência em mineradoras, incluindo dois que eram funcionários da empresa chinesa. Todos os nomeados eram homens, incluindo o único conselheiro que não possuía experiência em mineradoras. Na superfície, pelo menos, fazia sentido.

Mas nenhum dos conselheiros representava a *Westside Investments*, a atual proprietária majoritária.

Kat estava exatamente no mesmo ponto em que havia começado. A administração da *Regal Gold* não podia ou não queria reativar a mina lucrativa. No entanto, os lucros cessantes da mina superavam em muito os gastos com o conserto do tanque de rejeitos. Cada dia de atraso custava dinheiro a eles. Por que eles não a reativaram o quanto antes? O que eles estavam esperando?

Ainda mais intrigante era o motivo de a *Westside* e a *88898 Holdings* terem investido em uma mina velha com uma responsabilidade ambiental potencialmente enorme. Deve ter compensado de alguma forma, mas como?

Uma coisa era certa: a *Westside Investments*, como proprietária majoritária, tinha que estar conduzindo as coisas por trás das cortinas. Eles não iriam ficar felizes em não ter representação alguma no conselho de administração com tanta coisa em jogo.

Onde estava Jace quando Kat precisava dele? Ela sempre conseguia ter boas ideias quando conversava com ele, e, naquele momento, ela estava tropeçando no escuro. Ele estava certo sobre Dennis Batchelor. O homem pagava bem, mas suas exigências sobre Jace eram completamente irracionais.

Ela retomou a pesquisa, dessa vez procurando traçar o caminho até a *88898 Holdings*. A empresa das Ilhas Cayman era uma subsidiária integral da *Pirate Holdings*. Um nome tão intrigante exigia mais investigação. Kat examinou a lista de conselheiros, mas não encontrou muita coisa. Como muitas empresas em paraísos fiscais, os conselheiros não eram muito mais que figuras de proa. No caso da *Pirate*, havia apenas três. Todos eram advogados empregados pela mesma empresa, a *Meridian Consulting*. Um beco sem saída.

Ou não? Os nomes pareciam familiares. Kat procurou as biografias dos conselheiros no site da *Regal Gold Mine*, e seu queixo caiu. Três dos conselheiros da *Regal Gold* tinham ligação com a *Meridian Consulting* também. As empresas pareciam não ter relação entre si, mas compartilhavam os mesmos conselheiros. A *Pirate Holdings* era representada no conselho por meio da *Meridian Consulting*.

Interessante, mas será que isso significava alguma coisa?

Kat apostava que sim. A *Meridian Consulting* deveria ser a última camada na participação. Ela tinha a chave para a verdade. Seja lá quem fosse o dono da *Meridian* controlava a *Pirate Holdings*, a *Regal Gold Mine* e sabe-se lá o que mais.

Aquilo respondia à questão sobre a *Pirate Holdings*, mas quem era o proprietário da *Westside Investments*? Kat releu os relatórios regulatórios da *Westside* e esboçou um quadro organizacional em um bloco de anotações. Foi escrevendo os nomes das empresas em quadrados e preenchendo-os com os nomes que encontrava nos relatórios regulatórios. A empresa no topo do quadro era a *247 Holdings*. As anotações a lápis no papel saltaram aos seus olhos: tanto a *Westside Investments* quanto a *Earthstream* eram subsidiárias da *247 Holdings*. Dennis Batchelor detinha 51% da *Regal Gold Mine*.

De repente, tudo fazia sentido.

Batchelor já tinha uma parte das terras de que precisava por meio de sua participação majoritária na *Regal Gold Mine*. Mas por que comprar um lugar contaminado que havia causado danos ambientes na região? Porque as terras estavam baratas e porque a falta de água potável estava afastando os moradores de longa data.

Mas isso também significava que Batchelor tinha que pagar pela reparação do problema. A contaminação levaria anos – ou mesmo décadas – para ser resolvida, e custaria milhões de dólares. O balanço final só poderia ser averiguado depois que o trabalho estivesse concluído. Poucos bilionários investiriam em empresas com riscos que não podiam ser quantificados. Por que Dennis Batchelor faria isso?

Minutos depois, Kat teve a resposta: tudo girava em torno da avaliação ambiental conduzida pela *Earthstream*, então ela deveria ser a peça que estava faltando. Como divulgação obrigatória por parte de empresas públicas, a contaminação havia sido reportada em uma declaração regulatória. Sem dúvida, a declaração da *Earthstream* havia resultado numa queda acentuada do valor das ações da *Regal Gold Mine*, que praticamente não tinham valor algum quando a *Westside* e a *88898* colocaram as mãos nelas.

Embora a administração da *Regal Gold* tenha cumprido as exigências legais ao divulgar o acidente com o tanque de rejeitos no seu relatório aos acionistas, ela havia feito grandes esforços para impedir que houvesse alarde sobre o ocorrido. Era por esse motivo que ela não estava listada no site da *Earthstream*. Ninguém a tinha forçado a agir – pelo menos não até que o grupo de ativistas fosse formado e Elke, Fritz e outros resolvessem arregaçar as mangas e agir por conta própria.

Os ativistas nunca tiveram chance alguma. Eles não sabiam contra quem estavam lutando.

Apesar disso tudo, a *Lotus* havia encontrado um comprador para suas ações da *Regal Gold Mine*.

Presumindo que os compradores tivessem cumprido sua *due dilligence*, eles estavam cientes do desastre ambiental que estavam herdando. Mas, mesmo assim, compraram as ações por centavos. Os proprietários estrangeiros não tentaram limpar a área já que isso os levaria à falência. Eles eram legalmente intocáveis e não viam motivos para gastar dinheiro em uma mina que não valia o esforço.

Como um ambientalista de renome podia ligar sua fortuna a uma mina contaminada? Parecia extremamente improvável. Batchelor nunca arriscaria sua marca pessoal dessa forma.

No entanto, ele tinha feito exatamente isso.

Teria a *Earthstream* aumentado a gravidade dos danos reportados apenas para que Batchelor pudesse conseguir as terras que ele queria? Se fosse esse o caso, Batchelor, e seja lá quem estivesse por trás da *Pirate Holdings*, parecia ter adquirido a mina por meios desonestos.

Aquela era a única conclusão a que Kat conseguia chegar. Por qual outro motivo um ambientalista investiria em um desastre ambiental? Ele tinha que saber de alguma coisa que ninguém mais sabia.

O que era lixo para uns, era ouro para outros. A propriedade não tinha valor do ponto de vista de uma mineradora, mas era extremamente valiosa como parte de um *resort*, caso pudesse ser limpa. Desde que Batchelor conseguisse as aprovações necessárias, ele sem dúvida faria uma grande fortuna. E seu amigo MacAlister, ministro do meio ambiente, era garantia disso.

Os moradores da região tinham ainda menos influência agora que Batchelor era proprietário da mina, mas eles não sabiam disso. Kat ainda não sabia o que Ranger e Burt planejavam fazer com os explosivos, mas agora ela ao menos conhecia o motivo. Assustar os proprietários irredutíveis das terras vizinhas a ponto de eles venderem barato. Com os Kimmel fora do jogo e a propriedade da mina garantida, apenas Ed e os demais ativistas estavam no caminho de Batchelor.

16

A porta da cabana abriu de repente, dando passagem para uma rajada de vento gelado. Kat tremeu de frio.

— Feche a porta, Jace. Está frio aqui.

Ela ouviu o som de botas na entrada e, em seguida, o som da porta fechando-se com uma batida.

— Jace?

Silêncio.

Kat tirou o *notebook* do colo e se levantou para encontrá-lo à porta.

Era quase uma da manhã, ela estava sonolenta e estava se segurando para não cair no sono, esperando para poder compartilhar suas descobertas.

— Eu sei que você deve estar exausto, mas você não vai acreditar na sujeira que eu achei sobre...

Como estava de meias, deslizou no chão e quase foi de encontro a Ranger.

— O que diabos você está fazendo aqui? — ela perdeu equilíbrio ao virar-se abruptamente. Eles estavam a centímetros um do outro, e ela não tinha para onde ir.

Ele agarrou seus pulsos e a puxou, encarando-a.

— Que tipo de sujeira?

— Me solte — ela tentou se desvencilhar, mas ele era muito forte. Ele riu.

— Não se preocupe, ninguém vai ouvir. Você deveria me agradecer, eu acabei de evitar que você caísse.

— Você não sabe bater na porta? — embora tentasse, ela não conseguia se soltar. — Me solte. Você está me machucando.

Ele ignorou sua pergunta, mas diminuiu um pouco a força com que segurava seus pulsos.

— Eu vou gritar.

Ranger soltou Kat e passou por ela, indo na direção da cama e pegando o *notebook* dela.

O coração de Kat acelerou. Seguiu-o com os olhos e torceu para que a tela estivesse bloqueada.

Não estava.

— O que é isso? — ele não esperava por uma resposta. — Vejo que está pesquisando sobre a mina.

— Você tem algum problema com isso? — ela esticou as mãos, indicando para que ele lhe entregasse seu computador, mas ele não o fez.

— Essa é a sujeira sobre a qual você estava falando? — ele virou a tela para que ela pudesse ver.

O rosto de Kat enrubesceu quando ela viu os relatórios regulatórios. Enquanto ele não visse as anotações do quadro organizacional sobre a cama, ela ainda podia se safar.

Kat cruzou os braços.

— É uma questão particular entre mim e Jace — felizmente, ela não havia dito nada específico. — Falando nisso, acho melhor eu ir buscá-lo.

Ranger bloqueou sua passagem.

— Ele está ocupado com Dennis, e vai ficar ocupado por um tempo.

Kat não se deixaria intimidar por ele.

— Por que você está aqui, para começo de conversa? O que você quer?

A boca dele contorceu-se num sorriso falso.

— Eu trabalho aqui. Não importa o que eu estou fazendo. Vamos discutir sobre o que *você* está fazendo.

Kat fez menção de pegar seu *notebook*, mas Ranger afastou-o dela, fazendo-a desequilibrar-se.

Ele andou até a mesa, colocou o *notebook* sobre ela e abriu-o.

Kat sentiu grande alívio por ele ter ignorado as anotações que detalhavam o império global de Dennis Batchelor e que ela havia deixado sobre a cama. Suas esperanças se desfizeram assim que ele leu as observações que ela digitara no computador.

— Essa é a sujeira — disse ele, soltando uma risadinha.

Ela balançou a cabeça negativamente.

— É assim que vocês tratam seus hóspedes? Dê-me meu computador.

Não ia ser tão fácil. Ele olhou da tela para Kat.

— O que há de tão interessante sobre a *Earthstream*?

— Estou apenas ajudando Jace com a pesquisa dele.

— Não, não está. Isso não faz parte das memórias que Dennis está registrando.

— Como você sabe? Não é você quem está escrevendo.

— Você ficaria surpresa com o que eu sei — a expressão de Ranger continuava impassível. — Dennis não move um dedo sem me consultar antes.

— É mesmo?

Aquilo implicava que Ranger provavelmente também fazia todo o trabalho sujo de Dennis. A avalanche e a explosão planejada para o dia seguinte eram pelas mãos de Ranger, mas a mando de Dennis.

Kat se aproveitou desse lapso momentâneo e se dirigiu à mesa. Agarrou seu *notebook* e fechou-o. Dessa vez, Ranger não tentou pegar de volta. Kat foi rapidamente até o quarto e jogou o computador na bolsa. Ficou parada aos pés da cama, na frente da bolsa.

— Você não pode esconder nada de mim. Eu vou descobrir — ele parou na porta, braços cruzados.

— Como? Invadindo lugares e aterrorizando as pessoas? Aposto que Dennis não sabe que você está fazendo isso.

Ranger sorriu.

— Ele não precisa saber dos detalhes. E ele nem quer.

— Ele sabe que você ataca as hóspedes dele?

Uma hesitação momentânea ficou nítida em seu rosto.

— Eu não sabia que você estaria aqui — respondeu ele.

Kat olhou fixamente para ele.

— Não há desculpas para invasões. Você não deveria estar aqui — ela se sentou na cama e colocou suas botas. Ranger não fizera menção de sair, portanto, ela precisava sair da cabana o quanto antes.

— Pensei que você ainda estava na festa — ele caminhou em direção à cama e olhou para a bolsa dela. Em seguida, olhou para as portas francesas que davam para o pátio. — O clima está desagradável lá fora, vim para conferir se tudo estava bem fechado.

— Depois da meia-noite? Acho que não — ela ficou de pé. — Vou falar com Dennis sobre isso.

Ele estava perto demais da bolsa dela e Kat se segurou para não a pegar. Não adiantaria, ele a tiraria dela.

— Vá em frente. Eu vou contar a ele que você procurando sujeiras dele.

— Então você admite que há sujeira?

O rosto dele ficou vermelho.

— Não admito nada. Só digo que Dennis pediu para eu conferir como estavam as coisas.

— Você está mentindo — Kat caminhou até Ranger. Ela esperava que ele se afastasse da cama, mas ele não se moveu um centímetro.

Ranger deu um sorriso afetado.

— Vi você ontem. Na mina.

O coração de Kat quase parou. Será que ele também a tinha visto espionando-o na estrada?

— Eu estava fazendo uma caminhada. Você não pode me impedir.

— Quem disse que não posso? — ele sorriu, observando-a. — Posso fazer qualquer coisa.

Ele agarrou seu braço e levou-a até as portas francesas.

— A vista é maravilhosa daqui — disse ele, abrindo a porta com sua mão livre. Uma rajada de ar congelante soprou para dentro do quarto. Ranger puxou Kat para o *deck*. — Embora esteja um pouco escuro.

Não estava um pouco escuro, estava um breu do lado de fora. Kat não precisava ver o penhasco de 150 metros para saber que ele estava lá, bem debaixo dos seus pés.

Ela teve um sobressalto ao ouvir a porta da cabana se abrindo e, em seguida, sons de passos na direção deles.

Ranger também ficou surpreso. Apertou mais o braço dela, virando-se para a porta.

— Que diabo é isso? — Jace parou na porta do quarto.

Kat conseguiu se soltar de Ranger e correu em direção a Jace.

— Ranger já estava de saída.

Ela segurou o braço de Jace, tentando ficar o mais longe possível de Ranger. Kat não ousaria contar a Jace o que havia acontecido enquanto Ranger ainda estivesse ali. Jace o mataria, e aquele crime não ficaria impune sob o nariz de Batchelor.

Ranger congelou enquanto media Jace. Embora Ranger fosse mais baixo, ele era cerca de dez quilos mais pesado que Jace. Os dois homens estavam proporcionalmente empatados em força, logo, não havia garantia de quem seria o vencedor. Ranger não conseguiria empurrar Jace do *deck*, mas quem poderia saber que outros meios ele tinha à sua disposição? Independentemente do desenrolar das coisas, Ranger escaparia ileso.

Kat dirigiu-se a ele:

— Você fala com Dennis ou é melhor eu falar?

Ranger fez uma careta ao passar rapidamente por ela.

— Vamos continuar essa discussão depois — disse ele, ao sair.

Ranger sem dúvida sabia que qualquer coisa que ele dissesse seria transmitido a Jace, e de Jace para Dennis. Talvez aquela fosse apenas uma tática de intimidação. Batchelor faria vista grossa para as táticas de Ranger ou, pior ainda, perdoaria seu comportamento?

— Que diabos ele estava fazendo aqui? — Jace se afastou com o olhar preocupado. — Você está bem?

Ela contou sobre a entrada abrupta de Ranger, assim como as descobertas que ela tinha feito.

— Ele teria me matado. Um acidente encenado, como se eu tivesse tropeçado no *deck* — ainda parecia inacreditável, mas por que mais ele a teria empurrado para o *deck* numa noite gelada como aquela?

— Vou atrás dele.

— Jace, não. Você não pode segui-lo. Pelo menos não agora, não até que nós possamos expor o que descobrimos. Se você o confrontar, ou confrontar Batchelor agora, nós dois correremos ainda mais perigo.

— Não gosto disso — ele se virou. — Mas você está certa.

Kat ficou aliviada. Eles tinham muito a fazer nas poucas horas seguintes. Ela pegou seu *notebook* e indicou a Jace o resumo que havia feito.

— Há alguma coisa sinistra acontecendo, e Ranger faz parte disso, tenho certeza. Ele está atrás de mim porque eu o vi na mina.

— Mas e daí que você o viu? Qual é o problema disso?

— Aparentemente, nada. Eu estava apenas fazendo uma caminhada. O problema é que ele viu meu *notebook*. Ele sabe que eu sei de alguma coisa.

— E daí que você está pesquisando sobre as empresas de Dennis. Você está pesquisando para mim.

— Eu não sei como, mas ele sabe, Jace. Ele deve ter ouvido alguma parte da minha conversa com Rosemary. Juntando a conversa e a minha visita à mina, ele só fez um mais um, assim como eu fiz.

Kat não havia visto Ranger na festa, mas, talvez, ele tivesse falado com Rosemary depois que ela saiu.

— Precisamos avisar Ed esta noite, Jace. Amanhã vai ser tarde demais.

17

Kat indicou um dos eixos da intrincada teia de empresas que pertenciam ao império global de Dennis Batchelor. O diagrama dela apresentava apenas uma pequena porção de suas posses, mas era tudo do que ela precisava para entender o envolvimento dele.

A participação majoritária de Batchelor era invisível para os moradores da região graças à sua complicada estrutura societária. Mas, no papel, ficava claro como água. Ele era proprietário da *Regal Gold Mine* por meio da *Westside Investments*, e ele não poderia esconder isso por muito mais tempo. Kat havia desmascarado aquela estrutura emaranhada.

Kat apontou para a outra acionista relevante da *Regal Gold Mine* no quadro, a *Pirate Holdings*.

— Tenho um pressentimento de quem é o proprietário da outra parte da empresa — disse ela.

— Deixe-me adivinhar: MacAlister? — Jace inclinou-se e apontou para o diagrama.

Kat concordou.

— Não diretamente, claro, já que seria um óbvio conflito de interesses com seu papel de Ministro do Meio Ambiente. Ele não pode ter participação numa empresa cuja regulamentação é de responsabilidade dele. Ele contratou alguns advogados nas Ilhas Cayman que servem como conselheiros, assim como Batchelor fez. Ele estruturou as coisas de forma que ele ficasse invisível e intocável.

— Mas ele sem dúvida controla as coisas nos bastidores — comentou Jace.

— Exatamente. Ele é o outro acionista majoritário.

Jace assobiou.

— Esqueça a biografia de Batchelor. Isso aqui é muito mais proveitoso.

Kat concordou.

— Os 51% de Batchelor e os 30% de MacAlister fazem deles os proprietários da *Regal Gold Mine*, já que, juntos, eles detêm 81% da empresa. Isso é o suficiente para que eles tenham controle sobre todas as decisões. Aposto com você que a *Earthstream Technologies* está prestes a concluir uma nova avaliação ambiental, uma que dará à *Regal Gold Mine* um atestado de salubridade.

— Ele não pode fazer isso — disse Jace. — Resultados forjados não escondem o óbvio, as pessoas vão ficar doentes se elas tomarem a água contaminada. Batchelor pode ser implacável nos negócios, mas não arriscaria vidas somente para enriquecer.

— Ele não precisa fazer isso. O relatório estará correto.

— Impossível. Mesmo que eles limpem toda a água, os lençóis freáticos ainda estarão contaminados. Essa coisa vai levar anos para dissipar.

— A menos que a contaminação jamais tenha existido.

— De acordo com o relatório da *Earthstream*, ela existe. A avaliação do tanque de rejeitos mostrou um alto nível de contaminação.

Kat sorriu.

— Não se esqueça de que a *Earthstream* é uma empresa de Batchelor — disse ela. — Aquele primeiro relatório dizia que a água estava contaminada, quando, na verdade, ela não estava. Ele forjou os resultados, mas na contramão do que seria de se esperar. Normalmente, as pessoas falsificam os resultados para esconder alguma coisa ruim, mas, nesse caso, Batchelor escondeu uma coisa boa. Na verdade, não há nada errado com a água.

— Como você concluiu isso?

— Eu não conseguia acreditar que ele sequer consideraria comprar uma mina contaminada. Não porque ele é um ambientalista, mas porque não é assim que ele age. Ele não ganhou os bilhões dele apostando em projetos arriscados como minas contaminadas com riscos que não podem ser quantificados. Os demais investimentos dele são conservadores e ele procura apostas certas. Foi assim que concluí que ele devia ter forjado a coisa toda.

— Como isso é possível? O rompimento do tanque de rejeitos realmente aconteceu, ele não poderia forjar isso.

— Sim, o tanque realmente rompeu — Kat concordou. — E isso deu a Batchelor a ideia, já que ele não tinha sido bem-sucedido em sua tentativa de comprar as terras da forma correta. Os moradores não estavam dispostos a vender, e a mineradora queria dinheiro demais. Quando o acidente aconteceu, a *Earthstream* foi contratada para avaliar os danos. Batchelor viu a oportunidade perfeita para tornar a propriedade menos desejável, e menos valiosa também, fingindo que os danos haviam sido muito maiores do que foram de fato.

— A avaliação da *Earthstream* era falsa? — Jace balançou a cabeça. — Parece bem trabalhoso. Alguém descobriria.

— Não é tão difícil assim. É só um relatório ambiental. A mina não estava em funcionamento, então, quando o acidente ocorreu, uma empresa local foi contratada para lidar com o acidente. Essa empresa não apenas avaliou o dano, como também realizou o trabalho necessário para evitar mais danos.

"A Earthstream conteve o derramamento antes que ele vazasse para a água subterrânea, mas ninguém contou isso aos moradores. Batchelor deixou que os moradores pensassem que a água estava contaminada quando eles começaram com as reclamações. Ele também disse aos proprietários ausentes da *Regal Gold* que os danos haviam sido muito piores do que eram.

— A água estava limpa esse tempo todo?

— Sim. O derramamento realmente aconteceu, claro. Só que não era tão ruim quanto todos pensavam. Os donos anteriores, no entanto, não sabiam disso, e venderam a empresa achando que ela tinha perdido o valor por conta da enorme recuperação ambiental que tinha que ser feita. Mas esse não era de forma alguma o caso.

Jace assobiou.

— Eles venderam a mina para Batchelor sem sequer se darem conta disso?

— Quem vai contar a eles? — disse Kat, batendo o lápis no diagrama organizacional de Batchelor. — Eu passei horas debruçada sobre relatórios regulatórios para conseguir juntar todas as peças. É impossível conectar os pontos sem vê-los no papel. A *Earthstream* prepara o relatório, mas a compradora é outra das empresas de Batchelor, a *Westside Investments*.

Kat percebeu que Jace havia compreendido.

— E tudo o que preocupava a *Regal Gold* era avaliar os danos e conter o vazamento — disse ele. — Eles acharam que tinham se livrado fácil de um problema.

— Isso. E eles de qualquer forma já planejavam desativar a mina. Ela era lucrativa antes do vazamento, mas não o bastante para justificar milhões de dólares para consertar o enorme desastre ambiental. Batchelor, percebendo isso, garantiu que a *Earthstream* avaliaria os danos como sendo muito mais altos do que os lucros da mina.

"Não fazia sentido para a *Lotus Investments*, a empresa chinesa, gastar todo aquele dinheiro. A *Regal* é um de muitos investimentos no portfólio deles. Depois do vazamento, eles decidiram cortar o prejuízo e vender as ações."

Jace movimentou a cabeça lentamente, concordando.

— Vejo aonde você quer chegar. Dennis ofereceu à *Lotus* uma saída de uma situação ruim.

— Sim, as ações estavam a preço de banana, já que a estimativa dos gastos com a recuperação era alta. A *Lotus* sabia que eles não conseguiriam encontrar outros compradores. A única oferta veio da *Westside Investments*. A *88898 Holdings* veio logo em seguida. Na verdade, eram Batchelor e MacAlister, escondidos por trás de empresas sediadas no exterior.

— E tudo tomando como ponto de partida a avaliação da *Earthstream*.

Kat concordou.

— Mas Batchelor e MacAlister acabarão sendo descobertos — disse Jace. — Quando eles desenvolverem a região.

— Nada disso. Eles vão simplesmente estabelecer outra empresa de fachada que comprará a participação das proprietárias atuais. Eles vão passar a transação por algumas outras empresas para complicar as coisas e esconderão a trilha do dinheiro. Ninguém investiga as transações acionárias de uma mineradora à beira da falência.

— Ninguém além de você — Jace sorriu. — Mas eu ainda acho que isso é um pouco forçado.

— Eu não acho, e vou provar isso — Kat pegou um copo no armário da cozinha e encheu-o com a água marrom-escura. Ao segurá-lo contra a luz, quase deu uma risada, observando a água túrbida.

— Não beba isso — Jace tentou tirar o copo dela. — E se as suas suposições estiverem erradas?

— Não são suposições — ela ainda observava a água. — A água parece ruim, mas as aparências às vezes enganam.

— Não, Kat! Essa é uma forma muito não científica de provar sua teoria. Vamos testá-la primeiro.

— Não é preciso — ela segurou copo de modo que ele não pudesse tirar dela. — É gora ou nunca.

Kat tomou a água em três goles e colocou o copo vazio sobre o balcão.

— Tem o mesmo gosto da água que tomamos em casa. É melhor, na verdade.

— Você é louca! — Jace remexeu sua mochila em busca do kit de primeiros-socorros. — Estamos no meio do nada sem nenhum hospital por perto, e você bebe água envenenada. Não acredito no que você acabou de fazer.

— Alguém tinha que fazer isso. Além do mais, eu nunca tinha tomado água de geleira — ela sorriu. — É deliciosa.

Jace pegou a garrafa de vinho do balcão e tirou dela o que ainda restava, despejando no copo. Pegou uma pequena garrafa de purificador de água do seu kit e também despejou no copo, misturando.

— Beba isso.

Kat sorriu e aceitou.

— Se isso te deixa feliz.

— Para uma pessoa tão lógica, você faz umas coisas meio loucas — disse Jace, balançando a cabeça.

— Não sou louca e não preciso disso — disse Kat, colocando o copo sobre o balcão. — Há alguma coisa na água, mas não é tóxico. Deve ser corante alimentício ou alguma coisa parecida, colocada intencionalmente para fazer a água parecer ruim. Como ela parece contaminada, ninguém sequer questiona isso.

— Corante alimentício?

Kat confirmou com um movimento de cabeça.

— Tenho certeza de que há algum outro nome para seja lá o que for isso, mas funciona pelo mesmo princípio. Algum ingrediente não tóxico muda a aparência da água.

— Mas como alguém conseguiria mexer na água que vem do reservatório natural?

— Lembra-se do cano estourado que Batchelor mencionou? Aquilo realmente aconteceu. A empresa dele, a *Earthstream*, consertou. Foi um problema simples, mas o trabalho deu a ele acesso ao sistema de água da vila e também deu a ele os meios para forjar a contaminação. Ele viu uma oportunidade de lucrar com isso.

"Nem mesmo o rompimento do tanque de rejeitos foi um acidente. Ele planejou tudo. O derramamento nunca atingiu o Riacho dos Garimpeiros ou a água potável. Tudo foi encenado para que as pessoas ficassem com medo — Kat descreveu os peixes mortos e o restante do cenário. — Os proprietários ausentes da *Regal Gold Mine* não estavam por perto para saber que não havia sido um acidente. Eles não queriam consertar, então, quando uma oferta de compra não solicitada surgiu, eles aceitaram na hora.

— Certo, posso aceitar isso. Mas como você vai provar que Batchelor está por trás disso tudo?

— Foi difícil descobrir essa última parte. Os proprietários chineses venderam suas ações para a *Westside Investments*, uma empresa nas Ilhas Cayman. Primeiro, não eu conseguia encontrar nenhuma ligação com Batchelor, até que vi o endereço da *Westside* na declaração de venda de ações, que era o mesmo das outras empresas em Cayman. A *Westside* é de propriedade de outra empresa, a *247 Holdings*. Adivinha quem é dono dela.

— Batchelor?

Kat apontou para o diagrama das empresas de Batchelor.

— Em última análise, sim. Há algumas outras empresas envolvidas, mas esse é o resultado final.

— Mas é difícil acreditar que o rompimento do tanque de rejeitos foi desencadeado de propósito. Batchelor é realmente um ambientalista. Por que ele arriscaria causar um desastre ambiental?

— Ele não faria isso. Na verdade, ele mostrou quem ele é porque não havia vazamento para começo de conversa. Ele não derramou os fluidos contaminados nem contaminou o ambiente. Ele apenas fez parecer que isso tinha acontecido.

— Mas o muro do tanque de rejeitos foi rompido. Alguns contaminantes devem ter escapado. Isso fica óbvio quando você olha para o Riacho dos Garimpeiros.

— Não, o vazamento nunca ocorreu. O muro rompeu *depois* de a contenção ter sido realizada. O local é remoto e ele apenas usou seu equipamento pesado para fazer parecer que havia acontecido um rompimento. O Riacho dos Garimpeiros e as terras em volta nunca correram perigo porque a contenção já estava lá. Foi um cenário construído para parecer um desastre. Um desastre que nunca aconteceu.

— Como efeitos especiais num filme.

Kat concordou.

— Apenas algumas pessoas testemunharam o rompimento do tanque de rejeitos. Adivinha quem eram pessoas.

Jace coçou o queixo.

— Batchelor, Ranger, talvez algum segurança; todos eles trabalham para Batchelor. Não é de se admirar que eles tenham chegado tão rapidamente no local para fazer a contenção.

— Exatamente. É um jogo de ganha-ganha para Batchelor. Ele nunca causou danos ao ambiente porque foi tudo encenado.

Jace franziu a testa.

— E os proprietários ausentes livram-se do problema vendendo suas ações. Eles mal podiam esperar para se livrar da responsabilização e nem quiseram fazer perguntas porque estavam aliviados por terem passado o peso do desastre ambiental para os ombros de outro.

— Isso mesmo. E ninguém percebe isso. As ações são comercializadas de forma velada e a única declaração de mudança de participação está nas letras miúdas de um processo regulatório. Ninguém se importa. A empresa chinesa se livra dos custos com a recuperação ambiental e Batchelor misericordiosamente assume essa responsabilidade como parte da venda.

— Ele realmente conseguiu comprar aquelas terras a preço de banana — disse Jace, com um movimento afirmativo de cabeça.

— Sim, mas ele ainda precisava da propriedade dos Kimmel, e eles não iriam vender. Foi aí que a coisa começou a ficar feia — Kat lembrou-se de Ed e perguntou-se se ele teria ido verificar os rastros de motoneve como ele havia prometido.

— E agora eles estão mortos — Jace franziu a testa. — O que acontece agora?

— É disso que eu tenho medo. A filha dos Kimmel, Helen, ainda vive lá. Ela provavelmente também não pretende vender a propriedade.

18

____

A neve ameaçava voltar a cair a qualquer momento. Embora fosse mais de três da manhã, Kat estava plenamente acordada. Suas descobertas deixaram-na com a adrenalina a todo vapor.

Eles tinham muito a fazer.

— Precisamos ir até a mina e conseguir amostras da água do tanque de rejeitos e do Riacho dos Garimpeiros — disse Kat. — Precisamos testá-la para provar que ela está boa, já que as primeiras amostras foram alteradas. Ao compararmos as amostras, poderemos provar a fraude. O riacho e a água potável não estão contaminados; estão tão puros quanto sempre estiveram.

— Você realmente deveria ter testado antes de beber — Jace a observou em busca de sinais de envenenamento. — E se você ficar mal enquanto estivermos lá fora?

Kat fez um gesto de despreocupação.

— Eu sabia que a água estava limpa. Do contrário, eu nunca a teria experimentado.

Jace ergueu as sobrancelhas.

— Isso é o que você supõe, mas ainda não pôde provar. Seus sintomas podem demorar para aparecer.

— Nada vai acontecer comigo. Você lembra que, hoje de manhã, Dennis colocou gelo na água? O dispensador de gelo da geladeira dele é diretamente conectado ao abastecimento de água. Ele diz que a água não está boa, mas usa cubos de gelo que vêm do abastecimento de água.

— Nós não podemos simplesmente testar um cubo de gelo como amostra?

— Não. Precisamos de amostras de cada ponto do processo: do tanque de rejeitos, do Riacho dos Garimpeiros e do reservatório. Precisamos mostrar passo a passo que toda a rede de abastecimento de água está limpa. Do contrário, existe uma possibilidade de alguém adulterar as coisas mais tarde para cobrir a farsa.

— Você quer dizer envenenar a água de verdade?

Kat acenou afirmativamente com a cabeça.

— Precisamos conseguir sair da montanha, também — disse Jace, preocupado. — Do contrário, a amostra não vai ter validade.

— Vamos achar um jeito.

— É melhor avisarmos os outros ativistas. Ranger pode ir atrás deles.

— Não sei como encontrar Ed ou qualquer outro — mesmo com os Kimmel, os líderes do movimento, fora do jogo, os outros ativistas continuavam sendo um obstáculo entre Batchelor e seus planos para o *resort*.

No momento em que Kat colocou as botas, uma luz brilhou pela janela da cozinha. Ela foi até a janela e olhou para fora. O heliponto estava iluminado. Os rotores zuniram quando o piloto ligou o motor. Um punhado de convidados esperava a uma boa distância atrás do helicóptero; suas bagagens encontravam-se sobre a neve, ao lado deles.

Kat ficou surpresa ao ver que o piloto estava arriscando voar na tempestade, especialmente no meio da noite. Ele devia estar levando-os até o aeroporto de Sinclair Junction, a partir de onde a viagem continuaria, provavelmente no *Cessna* particular de Batchelor.

Os voos constantes dificultavam seriamente os planos de Kat. Era impossível esgueirar-se pela propriedade enquanto os convidados estivessem reunidos do lado de fora. Suas vozes ecoavam pelo ar da noite. Eles estavam longe demais para que fosse possível discernir o conteúdo das conversas, mas a atmosfera jovial de algumas horas antes havia se evaporado. Todos do lado de fora pareciam sisudos e ansiosos, o que não era nenhuma surpresa, em vista do clima rigoroso.

Jace ficou de pé ao lado da cama, diante das portas francesas.

— Esse cara, Ed, você nem sabe perto de onde ele mora?

— Não faço ideia. Eu nem sei qual é o sobrenome dele — mas eles precisavam alertá-lo. Fossem lá quais fossem os planos de Ranger e Burt, eles de alguma forma envolviam os ativistas. Kat tinha certeza disso, embora não tivesse como provar. Ela teve um insight ao se lembrar da conversa com Ed sobre os rastros das motoneves. — Ele mora na direção da encosta onde ocorreu a avalanche.

— Nós arriscaríamos desencadear um segundo deslizamento — Jace coçou o queixo. — Mas, como é mais frio à noite, provavelmente não vai haver problema.

— Nossa única outra opção é esperar até amanhã de manhã. Esperamos por Ed no local do bloqueio antes do protesto. Ele vai precisar passar por lá para ir até a mina — Kat olhou na direção atrás de Jace, para as portas francesas atrás dele. O *deck* estava iluminado pelas luzes do lado de fora. Para além da murada coberta de neve, a luz desaparecia abruptamente dentro da escuridão gelada. Kat perguntou-se que outros segredos o *canyon* guardava.

— Isso seria perigoso demais — disse Jace. — E odeio interromper você, mas é quase de manhã. — Jace conferiu o relógio. — Vai amanhecer em algumas horas.

Ela suspirou.

— Então está decidido. Nada como agir no momento presente.

Eles tinham conversado por quase uma hora desde que Ranger havia saído. De fato, o helicóptero havia voltado e estava recolhendo outro grupo de convidados. Droga, provavelmente levaria mais meia hora até ele partir de novo.

Jace espiou pela janela.

— Não podemos ir ainda. Seremos descobertos.

— Vamos assim que o helicóptero partir. Isso vai nos dar pelo menos trinta minutos antes que ele volte — os voos de helicóptero eram uma complicação inesperada. Jace e Kat caminhariam no escuro e só ligariam as lanternas quando estivessem fora da propriedade.

Os pensamentos de Kat voltaram-se para Ranger e a discussão de algumas horas antes. — Ranger vai contar tudo a Dennis. Que horas você tem que se reunir com ele? Se não estivermos de volta a tempo, vai ficar óbvio que sabemos de alguma coisa.

Olhando pela janela, Kat viu um facho de luz movendo-se sobre o gramado. Outro convidado se dirigia para o helicóptero, mas o facho de luz se direcionava para a cabana de Kat e Jace, e não para o heliponto.

Não era necessário luz para que ela pudesse identificar o perfil dos dois homens.

— É Ranger, e ele está trazendo Batchelor com ele — julgando pelos seus passos rápidos, os dois homens deviam estar furiosos. — Parece que já conversaram.

— Gostaria de poder subir naquele helicóptero — disse Jace. — O que vou dizer a ele?

— Eu não sei, mas temos que colocar Ranger em descrédito de alguma forma — era a única chance que tinham. A partida deles seria adiada novamente. Mas Kat se deu conta de que a partida de Ranger seria adiada também. — Se conseguirmos manter Ranger aqui...

— Podemos adiar a explosão — Jace concluiu. — Vou pensar em alguma coisa.

Pensando bem, os voos de helicóptero haviam sido um golpe de sorte. Se eles já tivessem saído da cabana, Batchelor e Ranger descobririam e os seguiriam, frustrando seu plano.

Kat deu um pulo quando um dos homens esmurrou a porta. Ela fez um sinal a Jace e ele deixou os homens entrarem.

— Tire esse homem daqui! — Kat apontou para Ranger. — Ele invadiu meu quarto e me atacou.

— Não foi isso o que aconteceu — os olhos de Ranger estreitaram-se e encararam Kat.

— Você nega que invadiu meu quarto?

— Eu estava conferindo...

Kat agarrou sua bolsa e passou rapidamente pelos homens.

— Vou subir naquele helicóptero. No instante em que ele pousar, vou ligar para a polícia informando o que aconteceu. Mas, antes de mais nada, vou dizer a todos lá fora o que você fez comigo.

Jace franziu a testa, não entendendo a princípio. Um instante depois, ele pegou sua mochila e seguiu Kat.

— Espere um minuto — disse Denis. — Ranger estava apenas conferindo a cabana. Ele não sabia que você estava aqui.

— E quanto a você — Kat apontou para Batchelor. — Seu funcionário me atacou, uma hóspede. O que seus outros hóspedes vão pensar?

Do lado de fora, o helicóptero recolhia mais alguns convidados e o piloto fechou a porta. A outra dúzia de convidados apressou-se pelo caminho pavimentado na esperança de serem escolhidos para o próximo voo.

— Você não pode sair — Dennis tentou interceptá-la no *hall*.

— E que escolha eu tenho? Não estou segura aqui.

— Certo, certo — Dennis dirigiu um olhar a Ranger. Seu rosto ficou vermelho; ele estava claramente furioso. — Ele não deveria ter feito o que ele fez, vou resolver isso com ele depois. Ele não vai se aproximar de você novamente, eu prometo.

Dennis virou-se e saiu sem falar mais palavra alguma, seguido de perto por Ranger. Kat dirigiu-se à janela da cozinha e observou-os caminhando até o heliponto. Dennis estava tentando correr atrás do prejuízo, provavelmente em busca de Rosemary para arrancar dela quais informações ela havia divulgado a Kat.

Pelo menos Dennis havia prometido que manteria Ranger longe dela. Sua promessa não tinha muito valor, mas ao menos dava a eles algum tempo. Também parecia que, embora Ranger agisse a mando de Dennis, seus métodos não eram totalmente tolerados por seu chefe.

Mais importante que isso: Ranger estava atrasado. Ela e Jace estariam sozinhos e não seriam interrompidos por um tempo, livres para esgueirar-se até a mina.

Mas, em primeiro lugar, ela precisava garantir a sobrevivência deles. Kat não poderia arriscar deixar tudo no *notebook*, já que eles ainda não estavam a salvo. Ranger ou Dennis ainda poderiam pegar seu computador e destruí-lo. Eles não estariam a salvo enquanto não saíssem da montanha, já que os dois eram os únicos que conheciam a verdade. Uma verdade que poderia facilmente ser calada por outro acidente.

Jace observava o heliponto pela janela da cozinha para garantir que Dennis e Ranger haviam voltado para o chalé.

— Eles se foram, assim como o helicóptero.

As luzes do helicóptero piscaram na noite conforme ele decolou do heliponto.

— Só um segundo — Kat copiou suas descobertas em um e-mail e pressionou "enviar". Jace ficaria furioso se soubesse disso, mas ela não tinha escolha. Poucas coisas eram piores para um jornalista do que ver escapar por entre seus dedos um furo de reportagem, mas era uma questão de sobrevivência.

Suas ações podiam ser uma forma de garantir sua segurança ou a coisa mais estúpida que ela já havia feito. Torcia para que não fosse a última opção, mas não sabia o que mais podia fazer.

— É agora ou nunca. Vamos.

Kat estava prestes a fechar o *notebook* quando a mensagem de erro surgiu na tela. O e-mail não havia sido enviado. Maldita internet. O dinheiro de Batchelor podia comprar poder e privilégios, mas a conexão de internet não estava entre eles.

Ela clicou no e-mail e tentou enviar novamente.

Nada. A tela do *notebook* estava travada, ainda buscando uma conexão.

— Vamos, Kat. Vamos perder nossa oportunidade. Guarde esse negócio e vamos.

Ela calçou as botas e pegou seu casaco. Pegou a bolsa e tirou tudo o que estava na geladeira.

Jace já estava na porta.

— Não precisamos de tudo isso.

Ela não tinha certeza. Eles poderiam não conseguir voltar para a cabana.

Jace já estava do lado de fora. Kat estacou e correu de volta para a mesa, colocando o *notebook* na bolsa. Deixá-lo para trás daria ainda mais motivos para Ranger destruí-los.

Um casal já havia encontrado a morte de forma repentina naquele dia e a sorte não estava do lado deles.

19

———

Ao saírem, deram a volta por trás da cabana e cruzaram o caminho pavimentado, usando a escuridão como um meio para se manterem ocultos. Dali, seguiram para a trilha que começava próximo da cerca. Kat sentiu o impacto do ar gelado da noite enquanto ajustava a bolsa.

Os voos inesperados de helicóptero, assim como a visita de Dennis e Ranger à cabana, atrasaram os planos deles. Eles agora tinham apenas duas horas até o nascer do sol, por isso, seguiram primeiro para a mina, antes de irem para o bloqueio na estrada.

Tentar localizar Ed era um tiro escuro, já que eles não tinham meios de entrar em contato com eles; mas ele, de uma forma ou de outra, passaria pelo bloqueio, pois este ficava no caminho para a mina.

De qualquer forma, eles precisavam de amostras da água da fonte. Não apenas para o laboratório, mas também para provar para Ed e os outros que não havia nada de errado com a água.

Um lobo uivou ao longe. O uivo parecia vir da direção para a qual eles seguiam. Um segundo lobo respondeu ao chamado, seguido por outro e mais outro. Minutos depois, uma alcateia inteira uivava, e seus lamentos iam ficando cada vez mais intensos. Kat estremeceu.

Ela sequer havia considerado a possibilidade de encontrarem animais selvagens, já que era inverno, e tudo estava tão quieto naquele dia. Ursos hibernam no inverno, mas lobos não. Eles são predadores, e a comida é escassa nessa época do ano. Exceto pela comida em sua bolsa, que ela havia pego para o caso de eles não conseguirem voltar para a cabana. Em vista do encontro hostil com Ranger, quem poderia saber o que iria acontecer em seguida?

— Precisamos apertar o passo — disse Jace. — A que distância daqui fica a mina?

— Está perto. Mas é difícil andar no escuro assim — sua lanterna não estava tão boa quanto ela pensava, e lançava apenas um fraco cone de luz de cerca de trinta centímetros à sua frente. Segurava firme alça da bolsa, que batia contra sua canela a cada passo que ela dava. Suas caminhadas anteriores não incluíam uma bolsa, e ela tinha subestimado o peso adicional. Será que Kat realmente precisava de metade de tudo o que havia na geladeira? Provavelmente não, mas agora era tarde demais. Ocorreu-lhe que sua bolsa exalava cheiro de comida que podia atrair qualquer predador por perto. Kat era uma isca para lobos.

— Nesse ritmo não vamos conseguir estar de volta pela manhã — Jace fez uma pausa para esperar.

Kat não podia pedir a ajuda dele sem revelar o que estava carregando. Isso significava ter que compartilhar seu receio de que não conseguiriam voltar para a cabana. Entretanto, não havia como voltar atrás, pois tudo tinha sido posto em marcha depois da discussão com Ranger.

Ventos suaves voltaram a soprar. Embora a neve abafasse os sons dos seus passos, as pegadas deles ficavam impressas nela. Seu destino ficaria claro para qualquer um que decidisse segui-los. Kat não havia levado isso em consideração ao bolar o plano. Quem estivesse planejando a armadilha também estaria lá fora na madrugada e seus passos inevitavelmente cruzariam com os deles.

Kat trocou a bolsa de ombro e tentou ignorar a dor; seu ombro começava a latejar. Eles estavam completamente envolvidos agora, já que não podiam voltar e arriscarem serem descobertos.

O zunido de rotores cortou o silêncio quando o helicóptero passou sobre suas cabeças. Estava de volta para recolher mais convidados.

Kat e Jace chegaram a uma encruzilhada na trilha.

— É por ali — Kat indicou o caminho da esquerda e eles seguiram o declive em direção à mina. Estavam perto agora. Com sorte, o vigia não estaria de plantão durante a noite toda. Kat não tinha um plano B para o caso de ele estar lá.

Ela caminhou com passos pesados atrás de Jace e, depois do que pareceu uma eternidade, alcançaram a mina. Kat apontou para o galpão.

— Vamos colocar nossas coisas lá, assim não precisaremos ficar carregando para todo lado. Se acontecer qualquer coisa, podemos voltar para pegá-las depois.

Ela mal podia esperar para guardar sua bolsa pesada, e não fazia sentido ficar carregando as coisas por todo o caminho até o tanque de rejeitos. Suas bolsas ficariam secas no galpão enquanto eles coletavam as amostras de água.

Kat seguiu Jace até a porta da frente do galpão e ficou aliviada ao ver que não havia veículos no estacionamento.

— Não podemos entrar, está trancado — disse Jace, mexendo no cadeado. — Talvez não devêssemos nos preocupar com isso.

— E se precisarmos correr? Pelo menos nossas bolsas estarão seguras enquanto pegamos as amostras. Além disso, ainda temos algumas horas antes de Ed chegar ao bloqueio. Temos que esperar em algum lugar.

— Claro, se eu pudesse abrir. Mas não tenho nenhuma ferramenta.

Kat olhou o cadeado brilhante e novo em folha firmemente colocado. O vigia certamente havia colocado ali depois da visita dela. Ela desabou ao lado do galpão, abatida.

— E agora? — ela também havia considerado o galpão como um tipo de esconderijo, caso eles fossem descobertos. Dependendo de quem eles viessem a encontrar antes de amanhecer, isso poderia ser necessário.

— Calma — disse Jace. — Temos tempo. Vamos procurar alguma coisa para cortar isso ou usar de alavanca.

— Vou procurar, vamos ver o que podemos encontrar.

A neve caía pesada agora, tudo estava coberto por uma camada molhada e suja. Kat viu muitos equipamentos enferrujados, mas não encontrou nenhuma parte que pudesse desencaixar e usar para cortar ou como alavanca.

Vidro se estilhaçou atrás dela. Kat girou nos calcanhares, mas não conseguiu ver Jace. Espiou ao redor do galpão. Jace havia quebrado a janela lateral com um tijolo. Agora, eles podiam entrar por ali, e Kat suspirou de alívio. Eles agora tinham um abrigo seguro, embora ela não esperasse que ele quebrasse uma janela.

— Desculpe, mas levei em consideração que é essencial economizarmos tempo — disse ele, removendo estilhaços de vidro com a luva.

— E precisamos de um plano de retirada. Não sabemos quem vamos encontrar aqui.

Era uma boa ideia também, já que um cadeado quebrado deixaria óbvio que alguma coisa havia acontecido. Uma janela lateral era menos óbvia.

Kat concordou.

— Eu meio que espero ver Ranger. Há um motivo para ele ter me levado para o *deck* — sentiu um calafrio ao imaginar ser empurrada para o penhasco.

Segurou sua bolsa e sentiu-se feliz por seu *notebook* ter bordas de plástico rígido. Tudo o que havia sido deixado na cabana podia ser substituído.

Jace a surpreendeu ao concordar:

— Tenho certeza de que ele desencadeou aquela avalanche de alguma forma. Ele está ciente de que você está sabendo de alguma coisa, por isso quer calar você. Dennis não vai impedi-lo, já que é exatamente isso o que ele quer. Aterrorize as pessoas e elas vão desistir de suas terras.

Ele se colocou sob a janela e juntou as mãos formando um apoio para Kat subir. Kat tirou a bolsa do ombro e escalou a janela.

— O que tem aqui? Pedras? — Jace fez uma careta ao pegar a bolsa dela.

— Só algumas coisas como garantia — ela pegou as duas bolsas das mãos dele e o ajudou a entrar; em seguida, escondeu suas coisas atrás de alguns equipamentos. Ninguém notaria, a menos que vasculhassem o local.

Jace pulou para dentro e limpou as mãos.

— Eu diria que, em comparação com nossa hospedagem anterior, essa aqui é de uma estrela.

Jace acendeu um fósforo e deu uma olhada à volta. Os equipamentos projetavam sombras monstruosas naquela luz fraca. Além dos fósforos, eles não tinham nenhuma outra iluminação, nem nada com que pudessem se aquecer, o que contrastava de forma acentuada com a cabana luxuosa. Kat quase desejou ter passado mais tempo lá.

Ele riscou outro fósforo.

— Gostaria de poder acender uma fogueira aqui.

Sombras alongadas projetaram-se sobre seu rosto quando ele se sentou em frente às caixas empilhadas.

Fósforos.

Dinamite.

Jace estava sentado a menos de trinta centímetros das caixas. Kat tirou o fósforo de sua mão e apagou-o com um sopro.

— O que foi isso?

Uma rajada gelada de vento entrou no galpão pela janela quebrada. O céu adquiria aos poucos tons de índigo conforme a aurora se aproximava. Kat estremeceu.

— Conto para você depois — aquela não era hora para pânico. — Vamos pegar aquelas amostras agora.

Sair e entrar no galpão pela janela parecia um desperdício de energia, mas isso garantia que eles teriam um refúgio seguro até o dia amanhecer. Kat revirou sua bolsa e tirou duas garrafas de plástico vazias, entregando uma a Jace.

— Vamos primeiro para o tanque de rejeitos — disse ela.

Kat não conseguira dizer a ele que seu refúgio recém-descoberto era um galpão cheio de dinamite.

O tanque de rejeitos estava totalmente congelado. Kat pegou uma pedra e bateu sobre o gelo várias vezes até conseguir romper a superfície sólida e atingir a água sob ela.

Ela havia acabado de colher a amostra de água do tanque quando o helicóptero zuniu sobre sua cabeça. O som das hélices ficou mais alto conforme o helicóptero se aproximava. Kat congelou, esperando o som diminuir conforme o helicóptero se dirigisse ao heliponto de Batchelor. Mas, ao invés disso, o som ficou mais intenso. O helicóptero não estava voando sobre a mina; ele estava se preparando para pousar ali.

— Eles estão vindo atrás de nós, Jace — Kat deu um puxão no ombro dele. — Estamos presos numa armadilha.

Ranger e Dennis de alguma forma sabiam que eles estariam no local, embora eles não tivessem encontrado ninguém no caminho, nem mesmo o guarda noturno. Provavelmente, eles tinham sido denunciados por câmeras de vigilância. Dennis e Ranger haviam ido atrás dele assim que os últimos convidados foram transportados até o aeroporto.

Jace inclinou a cabeça para olhar para o céu escuro.

— Posso ouvir, mas não consigo ver nada com esse teto de nuvens. Kat levantou-se rapidamente.

— É melhor irmos enquanto ainda podemos.

— Espere; talvez seja aquele outro grupo de ativistas. Eles podem nos ajudar.

— Todos eles não caberiam em um helicóptero — Elke e Fritz haviam mencionado ao menos uma dúzia de ativistas. E não era só isso: eles apenas faziam protestos em dias de semana, e era domingo. — Ranger viu no meu *notebook* que eu havia descoberto que a mina agora pertence a Dennis. Ele sabia que estaríamos aqui para coletar amostras.

— Ele ainda não sabe que você já sacou isso.

— Talvez não, mas ele sabe que eu vou expor as táticas sorrateiras de Dennis — Dennis tinha ocultado sua participação majoritária em uma teia de empresas secretas a muito custo, e ele faria qualquer coisa para que isso continuasse em segredo; mesmo que, para isso, tivesse que recorrer ao assassinato. — Vamos.

— Mas para onde? Se corrermos para o galpão, eles vão nos ver cruzando o estacionamento — Jace olhou para o céu. Os esquis de pouso do helicóptero ficaram visíveis abaixo das nuvens a cerca de trinta metros acima de suas cabeças, e logo em seguida o restante da aeronave. O estacionamento ficou repentinamente iluminado com as luzes que se refletiam nas nuvens. O círculo de luz se expandiu conforme o helicóptero descia. Rajadas de vento os envolveram. Em menos de um minuto, eles estariam completamente expostos às luzes do helicóptero.

Sem a escuridão para ocultá-los, Kat e Jace estavam indefesos.

Kat apontou para a entrada da mina enquanto os rotores se aproximavam:

— Corra!

As luzes de busca do helicóptero transformaram o estacionamento, antes envolto pela fraca luz do amanhecer, em uma estranha paisagem alienígena. As luzes brancas e azuis dançavam sobre a neve, formando um cenário cinematográfico.

Eles se arrastaram para a escuridão da entrada da mina, mas as luzes de busca seguiram-nos.

Kat sentiu-se como um animal em um documentário sobre a vida selvagem, seguido de cima por inimigos invisíveis. Para onde quer que corressem, não conseguiriam evitar problemas.

21

K at curvou-se, num acesso de tosse, a três metros da entrada da mina. Seus pulmões estavam ardendo por causa da corrida intensa no ar congelante. Apoiou uma das mãos na parede da caverna, que estava empoeirada e pedregosa.

Ela não conseguia ver Jace naquele breu, mas podia ouvir sua respiração ofegante.

Sentiu-se grata por ter deixado sua bolsa para trás, pois, do contrário, eles nunca conseguiriam ter chegado ali. Mas e se os outros encontrassem o *notebook* dela? Ele estava bem escondido dentro do galpão, mas a janela quebrada obviamente levaria a uma busca lá dentro. Seu computador continha a única prova definitiva da fraude de Batchelor além da amostra de água que ela segurava firmemente em suas mãos.

— Acho que eles nos viram — disse ela.

— Talvez sim, talvez não — disse Jace. — Continue andando. Precisamos ficar fora do alcance dos ouvidos deles. — Seus passos ecoaram na câmara cavernosa — os sons se propagam muito facilmente aqui.

Kat seguiu sua voz conforme ela a ouvia se afastar. Alguns metros à frente, deu de cara com uma parede. Literalmente. Seu nariz doeu ao bater na rocha dura e ela tossiu por causa do pó. Kat simplesmente não conseguia correr sem enxergar absolutamente nada. Minas são lugares perigosos.

Sussurrou algumas imprecações. No escuro, ela não havia percebido que a parede da mina fazia uma curva de noventa graus.

— Rápido — a voz de Jace ecoou pela câmara, vinda de algum lugar à frente.

O ar dentro da mina era frio e úmido, e Kat não enxergava um palmo à frente do nariz. Fez um grande esforço para continuar avançando, mas era impossível ver aonde estava indo.

— Espere. Não acho que devemos continuar.

— Nós temos que continuar. Há uma chance de eles não nos encontrarem. Talvez eles não tenham nos visto lá fora — respondeu a voz de Jace alguns metros à frente.

Ela avançou hesitante, a inquietação aumentando a cada passo.

— Eles obviamente sabem que estamos aqui. Nós nos prendemos aqui dentro — seu rosto ficou quente e ela começou a sentir claustrofobia.

— Kat? — Jace estava pelo menos seis metros à frente. — Onde você está?

Kat estava prestes a responder quando ouviu passos na entrada do túnel. Seu coração disparou. Eles estavam encurralados, não havia para onde ir.

Ela tinha que alcançar Jace, e rápido. Ligou a lanterna do celular e posicionou os dedos em torno da luz de modo a formar um facho estreito à sua frente. Kat olhou diretamente para a frente e tentou não prestar atenção às paredes que se estreitavam e ao teto baixo. Deu um pulo ao perceber que uma rocha havia caído alguns metros à frente.

Kat suspirou de alívio quando conseguiu avistar Jace e esforçou-se para alcançá-lo. A luz que ela segurava iluminou algumas caixas de madeira vazias. Nelas, havia as mesmas letras que aquelas que Ranger e Burt carregavam.

Explosivos.

— Kat? Apague a luz.

— Não. Olhe isso — ela iluminou o detonador de explosivos. Kat se deu conta tarde demais de que eles haviam cometido um erro fatal. A carga provavelmente já estava preparada, cronometrada para disparar durante o protesto. — Estamos num beco sem saída.

Jace praguejou baixo.

— Aqui deve ser o lugar onde eles planejaram fazer isso.

— O estacionamento era óbvio demais — disse Kat, com o coração apertado. — Ranger e Burt planejaram encurralar os ativistas aqui, onde o som da explosão seria abafado. Ninguém iria ouvir nada.

Eles tinham caminhado diretamente para a morte.

— Eles provavelmente vão forçá-los a vir até aqui ameaçando-os com uma arma — disse Jace, sussurrando.

— Agora eu entendo — disse Kat. — Eles vão detonar a carga e vão fazer parecer que os ativistas provocaram um acidente. Todo mundo vai pensar que os ativistas tentaram sabotar a mina explodindo-a, quando, na verdade, eles terão sido as vítimas. Parece que nós frustramos os planos deles.

Ela colocou a luz sobre o rosto de Jace, tentando captar sua reação.

— Agora, nós somos as vítimas — seus olhos arregalaram. — Eles vão nos explodir.

Kat e Jace haviam cometido um erro fatal. Explosivos eram usados em minas o tempo todo, algo comum para uma mineradora, mesmo que ela estivesse inativa nos últimos tempos. Qualquer um que ouvisse a explosão não pararia para pensar duas vezes sobre o assunto.

A mina estava decrépita, o lugar era isolado e ninguém além dos seus captores sequer sabia que eles estavam ali.

E havia mais de um detonador. Kat seguiu os fios com o facho de luz. Eles estavam dispostos ao longo de uma parede em direção à entrada da mina. O detonador na caverna devia ser um *backup*, ou talvez pudesse ser remotamente acionado. Ela não conhecia explosivos o bastante para identificar qual era o caso, e nem queria saber.

Uma voz grave ecoou ao longo da câmara.

— Saiam daqui, agora!

Kat tossiu numa reação involuntária ao pó.

— Vamos!

Kat voltou-se para a direção de onde vinha a voz do homem. Não parecia ser a voz de Dennis ou Ranger. Seu coração disparou quando ela se deu conta de que não havia meios de escapar. Não importava o que fizessem, eles teriam que acabar saindo.

Aquilo podia ser uma coisa boa, já que significava que a explosão não ocorreria naquele momento, dando-lhes um pouco de tempo, uma chance de escapar.

— Talvez seja o vigia — disse Kat, apesar de não estar convencida disso. Embora o eco na caverna distorcesse um pouco os sons, a voz parecia ser de alguém mais jovem e mais forte do que o homem idoso que ela havia encontrado antes. — Não parece Ranger. Não acho que seja Burt, também.

— Quem quer que seja, é melhor fazermos o que ele diz — Jace apertou o braço dela. — Nenhum movimento abrupto até sabermos o que ele quer.

Ele a beijou antes de virar-se para a saída da mina.

— Siga-me.

O coração de Kat disparou quando ela pensou no que poderia acontecer.

Seria a explosão forte o suficiente para destruir o galpão do lado oposto do estacionamento? Alguém poderia encontrar as evidências no disco rígido do seu computador e divulgar a verdade. Aquilo era bem improvável, já que qualquer um no local, no fim das contas, seria funcionário de Dennis Batchelor. E ela não tinha dúvidas de que Ranger apareceria para examinar todo o lugar cuidadosamente e remover qualquer evidência incriminadora.

Ela respirou fundo e seguiu Jace em direção à saída. Não tinha nada a perder, e não iria tombar sem lutar.

22

Jace apertou a mão de Kat quando estavam quase na entrada da mina.

— Quem está aí?

— Jace, sou eu, Gord. Estou entrando.

— Gord? Mas que diabos? — Jace estava incrédulo. — O que você está fazendo aqui?

— Kat não te disse?

Um facho de luz brilhou dentro da abertura da mina, cegando-os momentaneamente.

— Me disse o quê? — Jace fez uma pausa. — Espere, não entre aqui. Nós vamos sair.

Kat suspirou aliviada. O e-mail havia chegado ao destino. Às vezes, milagres realmente acontecem.

Eles voltaram caminhando ao lado do fio que se estendia do detonador em direção à entrada da mina. Ele estava solto e eles poderiam ter facilmente tropeçado nele no escuro. Um puxão ou um empurrão seriam suficientes para disparar a explosão? Kat realmente não sabia nada sobre explosivos e preferia continuar sem saber.

Jace agarrou seu braço.

— Vamos, não temos tempo a perder aqui.

Ele se apressou em direção à entrada e Kat seguiu-o. Minutos depois, ela engoliu uma lufada de ar gelado. Ar fresco nunca tinha sido tão bom.

— Cara, é você mesmo — Jace disse. — Você não faz ideia de como eu estou feliz em ver você.

Gord Dekker estava parado na entrada com uma lanterna potente em sua mão direita. Tecnicamente, ele era um concorrente de Jace, já que trabalhava para o *Furo Diário* depois de ter saído do *Vigilante* no início daquele ano.

Kat correu até Gord e lhe deu um abraço.

— Você recebeu meu e-mail! Não achei que ele tinha ido — ela não havia tido tempo para desligar o *notebook* completamente quando eles saíram às pressas da cabana. O programa de e-mail havia reenviado a mensagem. O péssimo sinal de internet deve ter reconectado por tempo suficiente para enviar o e-mail a Gord.

Gord deu um passo para trás e apoiou as mãos nos ombros dela.

— Eu não tinha entendido porque você me mandaria um furo de reportagem, e não o seu namorado. Vi que vocês deviam estar em apuros.

Jace estava em choque.

— Você entregou a história para Gord?

— Eu precisava de um plano B com alguém em quem eu poderia confiar. Eu sabia que Gord iria conferir os fatos e divulgar a história depois se alguma coisa acontecesse conosco — disse Kat, afastando-se um pouco; e, dirigindo-se a Gord: — Mas eu não achei que você faria isso no meio da noite.

— Para a sorte de vocês, eu sou insone — Gord voltou-se para Jace. — Prontos para ir?

— Ainda não — Jace apontou para o estacionamento. — Primeiro, precisamos pegar nossas bolsas que estão naquele galpão.

Kat apressou-se atrás dos dois homens enquanto eles cruzavam o estacionamento. Sua inquietação aumentava conforme a aurora se aproximava, e ela mal podia esperar para estar no helicóptero. O caminho de volta até o galpão parecia durar uma eternidade, e ela esperava que o helicóptero não tivesse atraído nenhuma atenção indesejada.

Jace pulou pela janela e passou as bolsas para ela, que ficou esperando do lado de fora.

— Onde você conseguiu um helicóptero? — perguntou ele a Gord, assim que saiu novamente pela janela.

— Helicóptero para reportagens — Gord deu uma risadinha. — Eles me emprestaram. Com o piloto, é claro, e alguns pontos de reabastecimento pelo caminho. Falando nisso, precisamos nos apressar. O combustível é caro.

A luz do helicóptero brilhava como um farol no lado oposto do estacionamento conforme eles avançavam em sua direção.

— Eu estava começando a pensar que a gente ia se dar muito mal — disse Jace. — Acho que ficamos aqui tempo demais.

— Pegar o tempo certo é tudo — Gord pegou a bolsa de Kat e colocou no ombro. — Sua história está na edição da manhã. Por enquanto, eu consto como o autor, e vocês dois são citados como fontes anônimas. Vamos revelar suas identidades mais tarde, assim que estiverem a salvo — e, dirigindo-se a Jace: — Eu concluí que vocês não iriam querer que seus nomes fossem divulgados ao público agora.

— Eu nem quero que chegue a ser divulgado — Kat respondeu por ele. Ela preferia ficar nos bastidores.

— Você está certa. É melhor que seja assim até sairmos daqui — Jace se dirigiu ao helicóptero. As hélices do rotor iniciaram seu movimento. — E isso me lembra que não temos muito tempo.

Ele mal havia acabado de pronunciar essas palavras quando lanternas brilharam no estacionamento. As rodas dos veículos derraparam na neve quando se viraram em sua direção.

Ranger.

— Corram! — O *Land Cruiser* acelerou e precipitou-se diretamente para Kat.

O carro estava a menos de dez metros dela. Ele diminuiu a distância que os separava e ameaçou impedi-la de embarcar no helicóptero.

Ela correu o mais rápido que pôde para a porta do helicóptero. Jaca já estava lá, e Gord, bem à frente dela. Kat lutou contra o vento produzido pelos rotores.

— Vamos! — gritou Gord, virando-se e agarrando seu braço.

O carro de Ranger deu um solavanco e parou a seis metros do helicóptero. Ele pulou do veículo e gesticulou para eles.

— Vocês não podem ir, voltem aqui!

O helicóptero decolou assim que Kat conseguiu pular para dentro. Ela teve um sobressalto ao ver que a porta ainda estava aberta quando a aeronave inclinou para cima. Kat agarrou-se ao assento para se estabilizar enquanto eles subiam três, seis e depois quinze metros acima do chão até que finalmente ficaram na horizontal.

Gord fechou a porta conforme a aeronave subia. Segundos depois, eles estavam trinta, depois sessenta metros acima do estacionamento. Ranger e seu carro pareciam agora miniaturas inofensivas lá embaixo.

Os primeiros raios da manhã lembraram a Kat das condições climáticas precárias, enquanto o piloto se esforçava para manter o helicóptero estável. Seu estômago revirou quando ela apertou o cinto.

Minutos depois, o voo ficou mais suave conforme o piloto ganhava altitude, conseguindo estabilizar o helicóptero. Kat dirigiu-se a Gord, ansiosa para confirmar que havia ajuda a caminho para Ed e os outros ativistas locais.

Ela falava, mas não conseguia ouvia a própria voz com o barulho da aeronave.

Gord entregou a ela um *headphone* e indicou, por meio de gestos, que ela os pusesse. Kat e Jace seguiram seu exemplo.

— O piloto acabou de entrar em contato com a polícia por meio do rádio — a voz de Gord estalou em seus ouvidos. — Eles vão prender Ranger e Burt pela sabotagem com os explosivos e entrarão em contato com meu editor para obterem seu arquivo. Eles podem levar algumas horas para fazer mais que isso, já que vão precisar de ajuda na investigação junto aos oficiais da região. Eles vão isolar a área da mina imediatamente e garantir que ninguém suba. As coisas vão ferver quando os investigadores dos destacamentos da região chegarem.

Ajuda de fora era uma coisa boa, já que Batchelor estava acostumado a seguir suas próprias regras na minúscula vila de Paradise Peaks. Ele provavelmente tinha policiais da região sob seu comando; afinal, eles haviam simplesmente se baseado na palavra de Ranger ao invés de investigar a avalanche. Ou eles eram corruptos ou incompetentes.

Aquilo lhe deu uma ideia:

— Peça a eles para procurarem um ativista chamado Ed. Os moradores saberão de quem estou falando. As fotografias que ele tirou do local onde ocorreu a avalanche provarão que não foi um acidente — Kat não tinha provas além de suas deduções.

Gord assentiu:

— Suas observações sobre a avalanche e o fato de você ter sido testemunha ocular dos explosivos são o suficiente para interrogar Ranger e Burt sobre isso também. Mas vai ser difícil provar a questão da avalanche.

— Duvido que Batchelor vai cooperar — disse Jace. — O que o impede de voar para outro país? Ele poderia simplesmente se mudar para o exterior, onde o dinheiro dele está.

— Acho que ele vai ficar. Para o bem ou para mal, ele ama os holofotes — disse Kat. — Ele está seguro de que Ranger vai ficar com a culpa no lugar dele, mas não acho que isso vá acontecer.

— Por que não? — Gord perguntou. — Ele é provavelmente bem pago pelos seus esforços.

— Não se trata de dinheiro — ela disse. — Ranger se sentiu traído quando Batchelor não ficou a favor de suas atitudes contra mim na cabana. Não acho que tenha sido a primeira vez. Aqueles ativistas de fora? Dennis os contratou para criarem confusão, tirando o foco do grupo de ativistas locais. Eles eram ativistas pagos, controlados por ele.

"A princípio, achei que eles eram imaginários, mais um truque de Batchelor para assustar os moradores. Mas, embora Ranger dissesse que não sabia nada sobre eles, ele parecia estar com bastante raiva deles.

"Como braço direito de Dennis Batchelor, ele deveria saber. Percebi então que Dennis mantinha segredos de Ranger. Ranger deve ter descoberto isso também. Um cara como ele enxerga coisas assim como traição. Por que ele se arriscaria por Dennis quando Dennis não retribuía à altura? Ele se sentiu usado, e deve estar agora mesmo questionando a lealdade de seu chefe. Afinal de contas, é ele quem vai preso, não Dennis. Tenho a impressão de que ele vai revelar o papel de Batchelor nisso tudo.

Jace concordou:

— Ele não vai assumir a culpa por assassinato. Nenhum emprego vale isso.

Kat concordou plenamente. Olhou para fora e viu que a luz do sol se insinuava por trás das montanhas. Ela estava aliviada por deixar o vale para trás, junto com todos aqueles problemas.

Aquele tinha sido um fim de semana infernal e nem tinha acabado ainda. E como era irônico ela ter escapado da sua escapada de fim de semana!

23

A manhã de domingo chegou em tons acinzentados, como num dia típico de dezembro em Vancouver. Nada muito dramático. Até mesmo as montanhas estavam ocultas sob o véu de nuvens e chuvisco. A monotonia às vezes é reconfortante. Naquele dia, era absolutamente fabulosa. Kat ficou observando a chuva escorrer pela janela.

Kat, Jace e Gord sentaram-se no escritório de Gord no *Furo Diário*. Eles tinham ido direto para seu escritório no 29º andar, de onde dava para avistar o porto de Vancouver, onde o helicóptero onde estavam havia pousado algumas horas antes. Kat estava sem dormir há quase vinte e quatro horas, mas fechar os olhos era a última coisa que ela tinha em mente.

A matéria sobre os negócios suspeitos de Batchelor havia saído no *Furo Diário* como a principal manchete, uma hora depois da prisão de Burt, Ranger e Dennis.

Kat inclinou-se para frente para olhar mais de perto o monitor de Gord. A primeira página estava bem diante dela:

Dennis Batchelor – Revelada a Trapaça do Ambientalista Bilionário

— Eu não teria escolhido palavras melhores — pouco antes de tirar os olhos da página, ela viu a autoria, e teve um sobressalto quando identificou seu nome. — Mas por que meu nome? Pensei que seríamos fontes anônimas.

— Isso não parecia certo. Afinal, é a sua história. Você expôs a corrupção, eu não podia ficar com os créditos. Apenas dei alguns retoques finais na edição.

Kat fechou a cara:

— Agora *eu* fui exposta.

— Todo mundo está muito mais preocupado com a matéria, não com você — disse Gord, sorrindo. — Embora meu chefe queira falar com você. Alguma coisa sobre se tornar uma colunista convidada.

Jace resmungou.

— Vou pensar sobre isso — disse Kat. Ela não gostava de ser o centro das atenções e, embora o trabalho soasse intrigante, sentia que já tivera agitação suficiente para um ano. Entre quase ter explodido e ter uma matéria investigativa publicada num jornal, havia seu recém-fundado escritório de contabilidade forense e investigação de fraudes.

E muitos casos para mantê-la ocupada.

Depois do Natal, é claro.

Gord desceu a página, mostrando uma segunda matéria. Esta era uma denúncia de corrupção, um *lobby* governamental, expondo detalhes substanciais o bastante para desencadear uma investigação pública sobre os negócios de Batchelor com a mineradora. Embora a matéria tivesse sido publicada algumas horas antes, todos estavam falando sobre o assunto, o que apenas confirmava a suspeita do público com relação à corrupção política. Agora havia provas concretas.

— Uma análise cuidadosa do financiamento da campanha de George MacAlister — disse Gord. MacAlister já tinha sido suspenso de suas funções assim que o governo entrou em estado de alerta. Tanto ele quanto Batchelor estavam sendo acusados de corrupção.

— Quando você encontrou tempo para escrever uma segunda matéria? — Kat perguntou.

— No helicóptero. Você tinha dado a maioria dos detalhes. Eu apenas adicionei as contribuições para a campanha da última eleição.

— Dennis financiou praticamente toda a campanha dele, de forma que ambos pudessem lucrar com suas negociações secretas sobre as terras — disse Jace, balançando a cabeça.

Gord concordou.

— A participação secreta de MacAlister na mineradora também foi divulgada. Deixar o cargo é a menor de suas preocupações. Além do óbvio conflito de interesses, ele vai ser indiciado pelo desastre ambiental.

— Mas a água não chegou a ser prejudicada — disse Jace.

— Ele induziu conscientemente os moradores de Paradise Peaks a pensarem o contrário. A Promotoria de Justiça está considerando as acusações específicas neste momento. Seja qual for o resultado, há penalidades graves para falsificações de avaliações de impactos ambientais — Gord cruzou as mãos atrás da nuca. — A ganância dele colocou a população, assim como o meio ambiente, em perigo.

— Falando em meio ambiente, o que você acha do pedido de desculpas de Batchelor? — Kat estava surpresa pela rapidez com que Batchelor havia respondido à mídia. Em uma tentativa desesperada de recuperar as graças do público, ele havia anunciado sua intenção de doar a propriedade da *Regal Gold Mine* restaurada para uso do público como um parque. Ele já havia até escolhido um nome: *Great Bear Park*. Kat não gostava muito do nome, mas o público em geral parecia gostar. Os publicitários de Batchelor, pelo menos, tinham acertado essa.

— É só uma tentativa velada de comprar uma forma de se sair da enrascada — disse Gord. — Nem sei se é uma promessa que ele pode cumprir. A *Lotus Investments*, a proprietária anterior, planeja entrar num processo para conseguir a mina de volta. Eles querem que a venda seja anulada, já que foi realizada com base em informações fraudulentas.

Kat sentiu-se repentinamente exausta. Ela tinha realmente passado apenas um dia no mundo de Dennis Batchelor? O dia prometia ser mais do mesmo e ainda era apenas de manhã.

— O dia mal começou e o trabalho do dia todo já está terminado — disse ela.

— É fácil para você falar — Jace suspirou. — Eu ainda tenho um dia todo de trabalho pela frente. Preciso finalizar o esboço de Batchelor.

— Você não vai mais ser o escritor-fantasma da biografia dele, não é? — disse Gord, incrédulo.

— Claro que vou. Meu contrato é legalmente vinculativo e diz que, ao concluir o trabalho, tenho o direito de receber cem mil dólares. Pretendo receber o que é meu de direito.

— Ele nunca vai pagar a você — disse Gord. — Principalmente agora que ele foi exposto.

— Ele tem que me pagar assim que eu cumprir minha parte: uma biografia de escritor-fantasma, conforme consta no contrato — disse Jace. — Ela provavelmente vai ficar engavetada com tudo isso que aconteceu, o que eu acho ótimo. Não me importa o que ele vai fazer com essa biografia, desde que ele me pague. E é melhor ele fazer isso, a menos que ele queira outro processo.

Jace estava surpreendentemente indiferente, Kat pensou.

— E você achou que nunca escreveria um livro — disse ela.

— Espere até ver meu próximo — ele disse. — Uma biografia não autorizada expondo todas as negociações sujas e a corrupção de Batchelor. Muito mais interessante do que a versão do escritor-fantasma.

— Sem dúvida, um best-seller — disse Gord. — As pessoas querem ver os segredos dele serem divulgados.

Batchelor com certeza tinha muitos deles.

— Espero que Dennis passe um tempo na cadeia também — disse Kat. — Ele foi indiretamente responsável pela morte dos Kimmel.

Os investigadores haviam encontrado os planos secretos de Batchelor para um novo *resort* quando fizeram uma busca em seu chalé menos de uma hora antes. Quando ele tivesse todas as terras de que precisava, ele alegaria ter consertado a mina e posaria de herói. O novo relatório ambiental mostraria o local da mina e o Riacho dos

Garimpeiros como tendo sido totalmente recuperados do desastre ambiental que nunca tinha sequer acontecido.

Era trágico os Kimmel não terem chegado a testemunhar sua vitória obtida a duras penas. Eles haviam vencido no fim, mas perderam tudo o que tinham.

A nova estrada de Batchelor não seria construída e a estrada existente não teria sua rota alterada. Ela ficaria onde estava, mantendo Paradise Peaks livre de turistas e certamente inacessível. A única mudança era que a vila tinha ganhado uma nova via de acesso, com a condição de que a natureza fosse mantida intocada.

Tudo voltaria a ser como era cerca de cinco antes; antes de Batchelor ter dado início aos seus esquemas. Algumas vezes, o melhor progresso era a ausência de progresso.

Ed Levine estava certo ao dizer que *ambientalismo* é uma palavra da cidade. Palavras não significam nada quando lhes falta substância.

Se você segue o caminho, não precisa dar um nome a ele para validá-lo. Você não precisa chamar atenção para isso. Quando o tema vira assunto de blog, objeto de compra ou algo que você pode assinar, a verdade se perdeu no processo.

Kat olhou para fora e ficou observando a paisagem chuvosa. Mesmo com a neve em Paradise Peaks, ela não havia sentido o espírito de Natal até aquele momento.

— Sabe, eu não cheguei a tirar o fim de semana de folga que você me prometeu. — disse a Jace. — Depois de trabalhar o fim de semana todo, preciso relaxar.

— Algum lugar legal e tranquilo? — O rosto de Gord escondia qualquer emoção. — Eu poderia designá-la para Luxemburgo. Ouvi dizer que estão acontecendo umas transferências bancárias meio suspeitas.

— Acho que eu passo essa — Kat riu. — Por enquanto, minha casa parece ser o melhor lugar.

A neve se depositava no topo das *North Shore Mountains* do outro lado do porto e, de repente, Kat sentiu o clima do Natal. Não que ela precisasse de neve para ficar no clima de festa. Ela não precisava de palavras da cidade ou de qualquer outra palavra.

Como Ed Lavine, ela não precisava dar um nome ou criar uma marca. Queria só apreciar.

SE VOCÊ GOSTOU DE GREENWASHING: *A Farsa Verde, uma aventura de suspense e mistério com a investigadora Katerina Carter*, experimente ler os outros títulos da série:

A Farsa Vermelha : uma curta história

Ou confira outros livros de Colleen para mergulhar em mais aventuras de suspense e mistério!

Boletim informativo de novos lançamentos

http://eepurl.com/cojHW1

Visite o site da autora para mais informações sobre seus últimos lançamentos:

http://www.colleencross.com

NOTA DA AUTORA

A Aventura narrada em *Greenwashing* se passa na bela região localizada no Sudeste da Colúmbia Britânica, no Canadá, ao lado das Montanhas Rochosas. Paradise Peaks e Sinclair Junction estão aninhadas nas Montanhas Selkirk. A região é de uma beleza estonteante, mas também pode ser implacável e mortal quando a Mãe Natureza exerce seu poder.

Avalanches, deslizamentos de rochas e até mesmo desastres econômicos podem irromper a qualquer momento. A região já passou por muitos eventos de crescimento repentino e temporário, o que fica evidente pelas várias cidades-fantasmas que marcam a paisagem. Muitas outras cidades desapareceram completamente, mas o espírito desbravador dos primeiros habitantes ainda vive hoje nos atuais moradores.

Embora Paradise Peaks e Sinclair Junction sejam cidades fictícias, elas representam as vilas e pequenas cidades que se mantêm a muito custo, já que são dependentes de indústrias que utilizam recursos naturais como matéria-prima ou do ecoturismo. Como você pode imaginar, as duas formas de economia nem sempre estão alinhadas, o que leva a uma coexistência difícil e, algumas vezes, a confrontos e controvérsias.

As pessoas que vivem em lugares assim são especiais. Resistentes e resilientes, elas sabem que as coisas podem mudar num instante. Quer seja a febre do ouro, uma ferrovia trazendo desenvolvimento econômico ou um deslizamento de rochas capaz de apagar uma cidade do mapa em segundos, elas já testemunharam catástrofes e sabem que nada dura para sempre. Elas sobrevivem graças à inteligência, a planos de contingência e a um grande respeito pela natureza.

Independentemente de serem os habitantes do século XIX ou os atuais moradores, essas pessoas me inspiram.

Como Joni Mitchell canta em *Big Yellow Taxi*, só entendemos o que temos quando o perdemos. Não é possível asfaltar o paraíso, mas também não é possível impedir o progresso totalmente. Encontrar o equilíbrio exige a capacidade de ouvir todos, não apenas aqueles que falam mais alto ou os mais poderosos.

Busquei as vozes menos influentes ao escrever este livro. Suas palavras podem ser abafadas, mas nunca silenciadas. Elas respeitam o delicado equilíbrio da natureza e ganham suas vidas sem perturbar esse equilíbrio.

Vamos ouvi-las.

Saiba mais sobre mim e meus livros no meu site http://www.colleencross.com/ e cadastre-se para receber notificações a respeito de meus lançamentos. Você só receberá um e-mail quando um novo livro for publicado.

Boletim informativo de novos lançamentos http://eepurl.com/cojHW1

Obrigada por ter lido meu livro. Espero que você tenha gostado de ler tanto quanto eu gostei de escrever! Caso queira enviar uma pequena resenha sobre o livro, será um grande prazer para mim. Isso me ajuda a planejar livros futuros e decidir se continuo a escrever livros para uma determinada série. Muito obrigada.

OUTRAS OBRAS DE COLLEEN CROSS

Boletim informativo de novos lançamentos
    http://eepurl.com/cojHW1

Série de Aventuras de Suspense e Mistério com a Investigadora Katerina Carter
    Saída Estratégica
    Teoria dos Jogos
    Fórmula Mortal
    Greenwashing : A Farsa Verde
    A Farsa Vermelha : uma curta história

Série Mistérios das Bruxas de Westwick
    Que Bruxaria é Essa?
    Bruxas aos Farrapos
    Bruxas e Famosas
    Bruxarias de Natal

Não ficção
    Anatomy of a Ponzi Scheme